BBULMEDIA

http://www.bbulmedia.com

FINAL MYTHOLOGY

파이널 미솔로지

BBULMEDIA FANTASY STORY 김지환 현대 판타지 소설
FINAL MYTHOLOGY
파이널 미솔로지
2
신
뿔미디어

※이 글 속에 나온 인명, 지명, 단체명은 허구이며 실제와는 연관이 없음을 알려드립니다.

CONTENTS

1

백색의 노덴스

사람들은 바닥에 누운 채 미동도 하지 않는다. 작은 숨소리들을 제외하고는 바람 소리조차 들려오지 않는다. 바닥에 깔린 회색의 재들도 미동하지 않는다. 사람들과 마찬가지로 마을은 잠들어 있다.

마을은 그야말로 침묵 속에 있었다. 사람들은 깨어날 기미가 보이지 않고 진강의 모습은 하늘 너머로 사라져 보이지 않는다. 마치 그 모습 그대로 얼어붙은 듯 그 차가운 침묵의 시간이 이어진다.

꿈틀.

그런데 얼어붙은 침묵에 작은 균열이 일었다.

꿈틀.

성주선이었다. 분명히 그 생기를 잃었던 성주선의 몸이 아주 약간이지만 떨리고 있었다.

처음에 한 번. 그리고 다음에 한 번. 차츰차츰 간격은 좁아졌고 눈에 초점이 돌아오더니 마침내 그녀의 손가락이 움직였다.

하찮은 사후 경직 같은 게 아니었다. 그녀는 마치 뭔가를 찾듯 더듬더듬 손을 움직이더니 이내 바닥을 짚었다.

"……."

그녀는 천천히 몸을 일으키려다 그대로 다시 중심을 잃고 쓰러졌다. 하지만 그녀의 얼굴에 고통 같은 건 보이지 않았다. 그녀는 어딘가 멍한 표정으로 초점 없는 눈으로 허공을 바라보고 있었다.

"……!"

몇 번의 시도 끝에 몸을 일으킨 그녀는 갑자기 느껴지는 두통에 손으로 이마를 잡았다. 머리가 찢겨지는 듯한 그 고통 속에서 그녀는 뭔가를 느꼈다.

둥. 둥. 둥.

어디선가 귀가 멀 것만 같은 북소리들이 들려오고 있었다. 그녀는 귀를 막았지만 소용없었다. 그 북소리들은 계속해서 들려왔다.

그녀는 소리의 근원을 찾으려 눈을 돌렸다. 북소리는 바로 가까이에서 들려오고 있었다.

수없이 많은 큰 북들이 그녀의 코앞에서 울리고 있는 것만 같았다.

그러나 아무리 고개를 돌려도, 아무리 시선을 옮겨 보아도 그러한 소리를 낼 만한 것은 보이지 않았다. 사방은 마치 얼어붙은 듯 작은 움직임 하나 보이지 않았다.

"……?!"

그리고 마침내 그녀는 그 소리의 근원을 알아차렸다. 그것은 사람들의 심장 소리였다. 원래라면 들리지 않을 사람들의 심장 소리가 마치 북소리처럼 크게 들리고 있었다. 그녀는 갑작스런 이 변화를 이해할 수 없었다. 그녀는 참을 수 없는 두통 속에서 반사적으로 기억을 되짚었다.

"……!"

눈앞을 스치는 몽롱한 의식 속에서 그녀는 깨달았다.

자신이 이미 죽었다는 사실을.

그녀는 그 충격적인 사실 속에서 자신의 몸을 내려다 보았다. 생기라고는 느껴지지 않고 필요 이상으로 창백한 몸. 그리고 몸 곳곳에 나 있는 이빨 자국들. 무슨 일이 일어난 건지는 알 수 없었다.

자신은 분명히 스스로의 의지로 죽었다. 하지만 지금 이렇듯 서 있는 건 무엇이란 말인가? 그리고 이 변화는 무엇인가?

"으윽!"

점점 더 심해지는 두통에 그녀는 다시 머리를 잡았다. 그런데 아픈 것은 머리만이 아니었다. 뭔가 입속에 지금까지 느낀 적이 없던 이질감이 느껴졌다.

"……?"

그녀는 천천히 입을 벌려 보았다. 그리고는 손가락 끝으로 확실하게 날카로워져 있는 송곳니를 발견했다.

"……!"

그녀는 그대로 굳어 버렸다. 정신을 차리고 상황을 이해해 보려 해도 의식은 여전히 안개가 낀 듯 몽롱하기만 했다.

지금조차도 분명 충격을 받기는 했지만 마음속 한 부

분은 아무렇지도 않은 듯 무감각하기만 했다.

사실 그녀가 느끼고 있는 것 이상으로 이것은 뭔가 이상한 일이었다. 본래 물렸다고 해서 뱀파이어가 되는 것은 아니다. 그 유명한 소설, 아니, 지금은 그 영화조차도 점점 잊혀져 가고 있는 드라큐라에서처럼 그냥 몇 번 물었다고 되는 게 아니다. 만일 그랬다면 이 세상은 뱀파이어로 넘쳐 났을 터였다.

뱀파이어가 되려면 몇 가지 조건이 필요하다. 그 첫 번째 조건은 희생자가 죽음에 가까워야 하긴 하지만 여전히 살아 있어야 한다는 것이고 두 번째는 바로 그 죽음에 가장 가까워진 순간 뱀파이어의 피를 그 몸에 받아들여야 한다는 것이다.

첫 번째 조건이야 완전히 숨이 끊어졌음에도 기적적으로 소생하는 경우들이 종종 있다는 점을 생각하면 백번 양보하여 그럴 수 있다고 쳐도 두 번째는 다르다. 뱀파이어들은 그들의 피를 단 한 방울도 그녀에게 주지 않았다. 그녀가 뱀파이어로서 소생할 여지 따위는 그 어디에도 없었다.

단 하나의 변수가 있다면 평소와는 다른 진강의 태도와 그의 몸에서 흘러나오던 검은 기운들뿐이었다.

"……."

하지만 그녀는 거기까지는 생각하지 못했다. 그녀는 지금 평생토록 한 번도 느껴 본 적 없는 낯선 갈증이 점점 심해지는 걸 어떻게 받아들여야 할지 생각하는 것만으로도 버거워하고 있었다.

둥. 둥. 둥.

귀에 울리는 심장 소리들이 점점 커져 가고 어째선지 이빨도 점점 더 날카로워지는 느낌이었다.

이미 말했듯 뱀파이어에게 있어 피에 대한 욕구란 그 어떤 생명체의 본능이나 이성보다 앞선다. 그렇기에 본래 처음 뱀파이어가 되면 열에 아홉은 가치관의 변화에서 오는 혼란을 채 마무리하기도 전에 처음 느끼는 강렬한 욕구에 그대로 함락되어 버린다. 그리고 그 뒤로는 흡혈 욕구에 휩싸여 이성을 잃은 채 말 그대로 괴물이 된다.

바로 그 때문에 뱀파이어에게는 그 자신의 창주가 필요한 것이다. 그 강렬한 욕구를 곁에서 제어하며 이성을 다시 되찾을 수 있게 도울 수 있는 자가 말이다.

하지만 지금 그녀에게 그녀를 붙잡아 줄 창주는 없다. 필요한 만큼의 피만을 제공하며 그녀가 이성을 되찾을 수 있게 도울 자는 없다. 만일 지금 그녀가 그녀 자신의 욕망에 굴복한다면 이 건물 안에 있는 모든 이의 피는 단 한 끼의 식사조차 되지 못할 터이다.

"……."

그녀는 잠들어 있는 사람들 쪽으로 걸음을 옮겼다. 그 자신의 몸을 잠식해 가는 이 욕망이 무엇인지 제대로 알아차리기도 전에 그녀는 본능적으로 사람들에게로 이끌렸다.

그녀는 어느새 입 사이로 튀어나온 송곳니에 온 신경을 집중하고 있었다.

그리고 마침내 그녀는 사람들 앞에 섰다. 그녀는 그 몸을 구부렸고 심장 소리는 더 크게 그녀의 귀에 울렸다.

"……!"

그런데 그 순간 그녀의 눈에 인수의 얼굴이 비쳤다. 벽에 상반신을 기댄 채 쓰러져 잠들어 있는 그의 모습은 평소의 모습과는 분명 달랐다. 그 차갑고 경멸 가득한 눈동자는 보이지 않았고 당연히 그녀를 향한 그 어떤 말도 없었다. 하지만 그녀의 눈과 귀에는 달랐다.

그녀에게 보이는 인수는 등을 꼿꼿이 세운 채 차가운

눈으로 그녀를 내려다보고 있었다.

어느새 그녀의 귀에서는 지금까지 끊임없이 들려오던 둥둥거리는 심장 소리들은 사라져 있었고, 대신 인수 특유의 경멸 섞인 차가운 목소리만이 온 머릿속에 울렸다.

—훗. 정말 꼴사납군요. 대체 뭘 증명하려던 겁니까?

그녀는 자기도 모르게 물러섰다.

—목숨을 걸고 자신의 가치라도 증명하고 싶었던 겁니까? 아니면 제 말들을 부정하고 싶었나요? 아, 물론 뭐가 되었든 어차피 의미 없겠군요. 당신은 지금 그렇게 살아 있으니까요.

"……아냐!"

주선은 뒷걸음질 쳤다.

"아니야! 내가 살고 싶어서 살아난 게 아니야!"

그녀는 인수의 환영을 향해 고함을 질렀다.

—오. 아니라고요? 못 믿겠군요. 당신이 이 모임에 처음 가입했을 때도 그럴 목적 아니었던가요? 죽음을 핑계 삼아 원하는 걸 얻으려고 하는 거 말입니다.

"아니라고!"

—그럼 대체 그 송곳니는 뭡니까? 방금 전에 몸을 숙

인 건 무슨 뜻이고요?

그녀는 어느새 깨져 버린 창 쪽에 가까워져 있었다.

"아니란 말이야!"

그녀는 몸을 돌리더니 그대로 창밖으로 몸을 날렸다. 높이나 자신의 능력 같은 건 그녀의 머릿속에 없었다. 그녀는 그저 도망치는 것만이 전부인 것처럼 몸을 날렸고 그녀는 말 그대로 추락했다.

다른 뱀파이어들이 보여 주었던 벽을 타는 묘기나 잔상이 남기며 이동하는 고속 이동도 없었다. 그녀는 그대로 땅으로 추락했고 거의 땅에 닿았을 때에서야 제대로 자세를 잡았다. 그것도 의식적이 아니라 본능적으로 겨우 나왔을 뿐이었다.

그녀는 그대로 땅에 착지했다. 몸 전체로 전해지는 충격이 적지 않았지만 그녀는 신경도 쓰지 않았다. 그녀는 그대로 몸을 일으켜서는 뛰기 시작했다. 처음에는 비틀거렸지만 점점 더 속도가 붙었고 이내 바닥에 깔린 회색 가루들이 날리더니 허공에 잔상들이 새겨졌다. 그녀는 마을 밖으로 사라졌고 마을에는 다시 침묵이 내려앉았다.

*　*　*

"후후후……."

하늘 위로 날아오른 진강의 주변에는 이제 새하얀 구름들도 보이지 않았다. 이미 산소는 둘째치고라도 기압도 위험한 수준이었지만 진강은 즐거운 듯 웃고 있었다. 그의 몸은 검은 그림자 같은 것에 휘감겨 있었고 그가 숨을 내쉴 때마다 검은 연기가 뿜어져 나왔다.

진강은 허공에 가볍게 손을 휘저었다. 그의 손짓을 따라 허공에는 검은빛으로 각종 도형들이 그려져 가더니 이내 커다란 원으로 변했다. 그리고 마치 공간을 찢어발기는 듯한 괴이한 소음과 함께 허공에 거대한 검은 구멍이 생겨났다.

진강은 구멍을 보며 미소를 지었다.

"오! 즐거운 나의 고향이구나."

진강은 그대로 그 검은 구멍 속으로 들어갔다. 마치 별들 사이를 걷는 듯한 그 짧은 한순간이 지나고, 이제 그의 앞에 펼쳐진 것은 어떤 거대한 동굴이었다.

끝은커녕 천장조차 보이지 않는 거대한 동굴. 안쪽에

서 흘러나오는 은은한 백색의 빛만이 전부인 그 모습에 진강은 잠시 눈살을 찌푸렸다.

"오오. 귀환을 축하하는 악사의 연주는 어디에 있는가? 내 눈을 즐겁게 해 줄 무희는 어디에 있더냐? 천년 왕국의 틀은 예전에 사라졌다 한들 그 흔적마저 남지 않았단 말이더냐?"

그는 애틋한 목소리로 그렇게 흥얼거리더니 휘적휘적 빛이 흘러나오는 안으로 걸음을 옮겼다.

그의 발은 땅에 닿지 않았고 허공에 미끄러지고 있었다.

그는 동굴 곳곳을 감회가 깊은 듯 유심히 바라보았다. 그의 눈빛에는 슬픔이 스치기도 했고 또한 묘한 즐거움이 스치기도 했다.

다만 백색의 빛에 가까워질수록 그의 표정은 어딘가 화가 난 것처럼 변해 갔다.

백색의 빛은 어딘가 여타의 불빛들과는 달랐다. 주변을 환하게 밝히는 그런 불빛이 아니라 파동처럼, 그리고 물결처럼 특정한 형태를 가진 채 저 안에서부터 흘러나오고 있었다.

척!

갑자기 나타난 나이트곤 몇 마리가 그의 앞을 막아섰다. 천장에서 땅으로 내려앉을 때까지 작은 날갯짓 소리조차 들리지 않았지만 접근을 막으려는 듯 펼친 날개에서는 완강한 바람 소리가 들렸다.

"후후후."

하지만 진강은 그 모습에 웃음을 참지 못하겠다는 듯 큰소리로 웃어댔다.

날카로운 이빨과 커다란 입. 당장이라도 머리를 집어삼킬 것 나이트곤들이었지만 진강은 마치 우스꽝스런 광대를 보듯 웃어댔다.

그리고 한참을 그렇게 미친 듯이 웃고서는 나이트곤들을 향해 손을 뻗었다.

"꺼져라."

그 한마디에 그의 앞을 막아섰던 나이트곤들은 저 멀리로 날아가 버렸다. 그 모습에 천장에서 다른 수십, 아니, 수백 마리의 나이트곤들이 땅으로 내려앉아 진강을 포위했지만 진강의 표정은 여유롭기만 했다.

"진심인가? 설마 네놈들 따위가 내 앞길을 막을 수 있다고 여기는 것이냐?"

고아하고 부드러운 말투였지만 그 눈동자에 담긴 건

차가운 살기였다. 나이트곤들은 일제히 두려운 듯 한 발자국 물러섰다. 육중한 몸집을 지닌 수백의 나이트곤들이었지만 마치 그림자가 물러나듯 아무런 소리도 나지 않았다.

그리고 그 순간 안쪽에서 흘러나오던 백색의 빛이 잠깐 깜박였다. 그 모습에 나이트곤들은 다시 천장으로 날아올랐고 진강의 입가에 다시 미소가 떠올랐다.

"그래, 그래야지."

진강은 다시 안쪽으로 걸음을 옮겼다. 얼마 정도 더 걸음을 옮기자 깎아지른 듯한 가파른 절벽이 나타났다. 아래가 보이지 않을 만큼 깊은 그 구멍은 마치 거대한 괴수의 입처럼 불길해 보였다.

그 아래에 있는 것은 잃어버린 고대 악마의 도시 켈타인일 수도 있고 그리스의 위대한 영웅들이 찾았다는 저승의 문일 수도 있었다. 아니면 이것이야말로 고대 유대민족이 두려워해 이후 지옥의 이름으로 이름 변하게 된 계곡 게헨나일지도 몰랐다.

어쨌든 백색의 빛은 그 거대하고 깊은 구멍 아래에서 흘러나오고 있었다.

"오! 진심인가? 설마 내 왕좌에서 나를 맞이할 생각

인가? 배신자 백색의 노덴스여."

진강은 절벽을 향해 가볍게 걸음을 떼었다. 그의 몸은 천천히 아래쪽으로 떨어지기 시작했다. 진강은 마치 그 물침대에 몸을 눕히듯 머리 뒤쪽으로 깍지를 끼며 무게 중심을 옮겼다.

그의 머리와 발은 완전히 일자가 되었고 진강은 허공에 그대로 드러누웠다.

진강은 콧노래까지 흥얼거렸다. 그러나 그 허밍 소리는 일반적인 음악과는 그 성격이 전혀 달랐다. 단순히 특수한 문화, 특수한 시대의 것이란 게 아니다. 그가 흥얼거리고 있는 그것은 음악이라기에는 너무나 기괴했다.

마치 이 세상의 것이 아닌 그것은 애초에 인간의 발성기관으로 낼 수 있는 소리가 아니었다. 마치 수만 마리의 나비가 날갯짓을 하고 그 날갯짓을 따라 또 수만 개의 별들이 움직이는 소리를 인간이 들을 수 있다면 그런 소리일까.

하여간 지금 그가 흥얼거리는 그것은 결코 인간이 낼 수 있는 소리가 아니었다.

그렇게 시간은 계속해서 흘러갔다. 그 기괴한 허밍 소

리는 온 동굴을 가득 채워 갔고 그것은 마치 영겁처럼 이어져 갔다.

그러나 한참을 아래로 향했는데도 여전히 아래는 보이지 않았다.

"……."

진강은 그 기괴한 허밍을 그만두었다. 흘러나오던 빛이 조금 더 강해져 있었다.

"재촉이라니…… 운치가 없구나. 오랜만의 귀환에 감상에 젖을 시간조차 주지 않겠다는 거냐?"

진강은 다시 몸을 똑바로 세웠다. 그의 몸에서 흘러나오던 검은 연기가 조금 더 짙어지더니 이내 급속도로 아래로 떨어지기 시작했다.

바람 소리가 귀를 찢을 듯 커져 갔고 주변은 백색의 빛으로 점점 더 밝아졌다. 그리고 마침내 저 멀리 빛의 근원이 보였다.

여전히 바닥은 보이지 않았지만, 바닥에서부터 치솟아 오른 듯한 얇은 돌기둥이 중심에 서 있었고 그 돌기둥 위에는 기괴하게 생긴 왕좌가 있었다.

그 왕좌에는 긴 백발의 노인이 고개를 숙인 채 앉아 있었는데 백색의 빛은 그 노인에게서 흘러나와 구멍 위쪽으로 흘러가고 있었다.

빠르게 활강하던 진강은 그 왕좌, 노인의 바로 앞에 그대로 멈춰 서더니 이내 손을 들어 올렸다. 그리고는 마치 장난감을 가지고 놀 듯 축 늘어진 노인의 백발을 부드럽게 쓰다듬었다.

“오랜만이구나. 노덴스여. 우리 둘 다 이런 모습으로 직접 만난 것은 처음이지?”

친근한 듯 말을 걸고 있었지만 그 목소리에는 비웃음이 담겨 있었다.

“오랜만입니다. 기어드는 혼돈이여.”

노인은 고개를 숙인 채 그렇게 답했다. 금방이라도 숨이 넘어갈 듯한 외관과는 달리 그 목소리는 마치 소년의 것과 같이 아름답고 또한 경건했다.

진강은 다시 장난스럽게 그의 백발을 흔들었다.

“뭐 이제 그만 자리를 비켜 달라고 하고 싶지만…… 그건 무리인 것 같구나. 그래, 지난 시간 동안 어떻게 지냈나? 배신자 노덴스여.”

“배신자라…… 그 호칭은 맞지 않는 것 같군요. 애초에 당신들과 저 사이에 신뢰란 단 한순간도 없었으니까요. 거기다 제 어떤 행동도 그대들에게 해가 된 적 없었고요."

"후후. 틀린 말은 아니구나. 그래. 이 작고 노쇠한 몸뚱이가 네가 얻은 결과더냐?"

"예. 당신과는 달리 저는 제 몸 자체를 변환시켜야 했으니까요. 하지만 처음부터 이랬던 건 아니지요. 처음 제 육신이 얼마나 아름다웠는지 당신께서는 상상도 하지 못할 것입니다."

노덴스는 추억에 젖은 듯 허공을 바라보며 중얼거렸다.

"처량하구나. 내 앞에 있는 자가 절대 심연을 누비며 별의 잔해들을 한 손으로 가지고 놀던 백색의 노덴스라고는 믿기지 않는구나.

"아니요. 처량하지 않습니다."

노인은 숙였던 고개를 천천히 들어 올렸다. 그의 얼굴은 마치 미이라처럼 가죽만 남아 있었지만 그 눈동자만은 또렷하게 빛나고 있었다.

"세계의 밖, 그 절대적 심연 속에서 생명력이라고는 없이 거대하기 만한 그 육체로 영원한 시간을 사는 것은 죽음보다 못합니다."

"하긴. 네놈은 우리와는 달리 세상에 대한 호기심과

열망이 컸었지. 그런데 왜 이곳에 있는 거냐? 다른 신들과 함께 떠나지 않고?"

"안타깝지만 애초에 세상은 우리와 같은 사신(邪神)들에게 격한 거부 반응을 보이지요. 억지로 파고들기라도 하면 아무리 거대한 육체, 아무리 강렬한 힘을 지니고 있어도 결국은 산산이 흩어져 소멸할 뿐. 세상 속에서 살기 위해 이렇듯 육체를 변환하기는 했지만 단지 이쪽 세상에 한정된 육체입니다. 다른 세계에서는 아무런 역할도 하지 못하지요."

"그래서 그런 제안을 한 거고?"

"그렇습니다."

그들 사이에 묘한 긴장감과 함께 침묵이 흘렀다.

"좋아. 그럼 어서 하도록 하지. 나를, 아니, 기어드는 혼돈을 어서 다시 재우도록 해."

진강의 그 말에 노덴스는 놀란 듯 눈을 깜박였다. 그리고 그런 노덴스의 태도에 진강은 가볍게 웃어 보였다.

"왜? 설마 내가 완전히 깨어난 상태인 줄 알았나?"

"솔직히 말하자면, 네. 그럴 거라 생각했습니다. 이제 남은 건 그대에게 이 목숨을 내놓는 것뿐이라고 생각했지요."

"만일 그랬다면 이런 모습으로 있지도 않았고 또 이렇게 오래 이야기를 나누지도 않았겠지. 말투. 성격. 행동. 기억. 많은 부분을 포기한 대신 의지만은 가까스로 지키고 있다."

"그렇군요."

노덴스는 그 비쩍 마른 손을 힘겹게 들어 올렸다. 그리고 노덴스의 손끝에서 강렬한 빛이 뿜어져 나와 진강을 덮쳐 갔다.

진강을 감싸고 있는 검은 연기들은 그 빛 앞에 점차 흩어져 사라져 갔다. 그리고 잠시 후 노덴스는 거친 숨을 몰아쉬며 들어 올렸던 손과 고개를 그대로 떨어뜨렸다.

"하아…… 하아……."

노덴스는 당장이라도 숨이 끊어질 것처럼 한참이나 거친 호흡을 내뱉었다. 그리고 그만큼 아니었지만 진강 또한 고개를 숙인 채 천천히 숨을 고르고 있었다.

진강은 조금 전과는 확연히 달라져 있었다. 당당함과 여유로움이 흘러넘치고 가벼운 손짓 하나에도 우아함이 묻어 나오던 조금 전의 모습은 온데간데없이 사라졌고 미동조차 하지 않던 그의 몸은 지금까지와는 달리 공중에 떠 있기조차 힘든 듯 흔들거리고 있었다.

"괜찮나?"

"예. 협력에 감사합니다. 백색의 노덴스여."

그 말투와 목소리 또한 평소의 그로 돌아와 있었다. 비틀거리는 그를 보고 노덴스는 다시 손을 들어 올렸고 그 순간 진강은 마치 땅을 밟고 선 듯 움직임을 멈췄다.

"감사합니다."

"힘을 너무 자주 썼어. 거기다 평정도 잃었고. 이번에는 운이 좋아 그나마 다행이었지 잘못했으면 그는 분명 완전히 깨어났을 거야."

"알고 있습니다."

진강은 품속으로 손을 집어넣었다. 주머니 속에는 타다 만 부적 잔해들이 가득했다.

"경면주사나 그런 주술로는 충분치 않다는 걸 알고 있을 텐데. 의지를 똑바로 세우는 수밖에 없어."

"제가 알아서 하도록 하죠."

"알아서 한다고? 잊지 말게 우리의 계약을. 이것이 자네와 내게 얼마나 중요한지를. 그 인간들을 보호하는 것은 이제 그만두도록 해. 이번에도 그들 때문에……."

"훗!"

갑작스런 진강의 웃음에 노덴스는 말을 멈췄다.

"뭐가 우습지?"

"아뇨. 아까와는 태도가 너무 변해서 말입니다."

"내가 누구라 생각하느냐. 비록 위대한 옛 신들에 비한다면 짧은 시간이라고 해도 억겁에 가까운 시간을 살아온 신이다. 네가 설사 기어드는 혼돈의 일면이라 해도 고작 일생도 다 살아 보지 못한 인격에게 존경을 표할 마음은 없다."

"그러십니까? 하지만 이 부분은 유념해 주시길 바랍니다. 당신과 계약한 것은 기어드는 혼돈이 아니라 이 저라는 것을요."

노덴스는 아무런 말도 하지 않았다. 하지만 그 눈빛에는 불편한 심기가 그대로 담겨 있었다.

진강의 입가에는 미소가 떠올랐다. 조금 전보다는 덜했지만 제왕의 기질이 아주 약간은 묻어 있었다.

"그리고 쓸데없는 간섭은 사양하겠습니다. 애초에 그들의 존재가 있었던 덕분에 끝까지 내 자신의 의지를 잃지 않았던 거니까요."

"좋다. 하지만 잊지 마라. 지금 크투가의 눈을 속이고 있는 건 바로 나와 내 아이들임을."

"그러도록 하죠."

노덴스는 다시 손을 들어 올렸다.

"돌아가는 길은 내가 도와주도록 하지."

허공에 백색의 문장이 떠오르고 그들 앞에 문이 나타났다. 말 그대로 대리석으로 만든 듯 새하얗고 손잡이까지 달린 문이었다.

"굳이 이런 모양일 필요 있나요?"

"훗. 나는 기어드는 혼돈과는 다른 미적 취향을 지니고 있거든."

문이 열리고 진강은 가볍게 고개를 숙여 보이고는 걸음을 옮겼다. 밝고 따뜻한 느낌을 주는 외향과는 달리 그 느낌은 처음 진강이 만들었던 검은 구멍과 다를 바 없었다. 차갑고 깊은, 마치 별들 사이를 걷는 듯한 묘한 느낌이었다.

"……."

그리고 진강이 도착한 곳은 바로 여전히 사람들이 잠들어 있는 건물 4층 안이었다. 본래 힘 조절에 실수할까 일부러 하늘 위로 날아올랐던 진강이었긴 하지만 아무리 그래도 단 한순간에 원래 있던 곳으로 돌아오자 그 허탈감에 짧은 한숨을 내쉴 수밖에 없었다.

거기다 이제 곳 정신을 차릴 다른 사람들에게 무슨 말을 어떻게 해야 할지를 생각하면 한숨이 절로 나올 수밖에 없었다.

"……?"

그런데 진강은 뭔가 이상한 점을 알아차렸다. 분명 변한 것은 특별히 없었다. 아무리 정신이 불안정한 상태였다고는 해도 그는 확실히 정리해 놓는 걸 잊지 않았었다. 특별히 다른 뭔가가 들어왔을 리도 없고 잠들어 있던 사람들이 나갔을 리도 없었다. 하지만 확실히 이곳은 뭔가 변해 있었다.

"흐음."

진강은 천천히 주변을 살펴보았다. 기억이 흐릿하긴 했지만 차근차근 하나씩 비교해 보았다.

사람들은 잘 누워 있었다. 물론 누워 있는 모습을 일일이 다 기억하는 것은 아니었지만 그들이 움직였을 리는 없었다. 그렇다고 건물 안에 워커나 다른 것들이 들어온 것도 아니었다.

진강은 고개를 갸웃거렸다. 분명 변한 게 있을 리가

없었다.

"이상……?!"

그리고 진강은 알아차렸다. 회색의 재와 흐릿한 핏자국들이 사이에 있어야 할 성주선의 시체가 사라져 있었다.

"……."

진강은 잠시 마음을 가다듬고는 가만히 기억을 되살려 보았다.

"워커가 되었을 리는 없고 이미 처리했었던가?"

무심코 자신이 시체를 처리했을 수도 있었다. 뱀파이어들의 시체를 재로 만들면서 성주선도 같이 재로 만들어 버린 걸 수도 있었다. 하지만 그는 이내 고개를 저었다.

"아니. 날아가기 전에는 분명히 있었는데……."

진강은 다시 고개를 갸웃거렸다. 흐릿한 기억이었지만 분명히 창문 밖으로 날아가기 전에 주선의 모습을 보았었다. 불로 화장을 할까 잠시 망설이다가 힘 조절에 실패할까봐 가만 놔둔 게 확실히 생각났다.

"……."

진강은 창문 쪽으로 걸음을 옮겼다. 시체가 밖으로 걸

어 나갔을 거라 생각하는 건 아니었다. 그저 답답한 마음에 조금 걸어 본 거였다. 그런데

"……!"

진강의 눈에 바닥에 깔린 백색의 가루들 사이로 나 있는 기다란 줄이 보였다.

"서, 설마……?!"

진강은 잠시 눈을 감아 보았다. 진강으로서는 아직은 힘을 쓰는 게 부담스러웠지만 어쩔 수 없었다. 그가 눈을 뜨고 그 눈동자에 천천히 검은 빛이 일었다. 그리곤 본래라면 보이지 않을, 허공에 남은 시간의 잔영이 그의 눈에 비치기 시작했다.

그리고 그는 보았다. 뱀파이어로 되살아난 성주선이 뭔가에 놀라 도망치듯 창문 밖으로 뛰어내리는 것을 말이다.

"……."

진강은 눈에서 힘을 거두었다.

그녀가 어째서 그렇게 도망치듯 뛰어내렸는지, 또 어떻게 되살아났는지 확인하기에는 아직 부족했지만 지금 막 다시 '잠재워' 둔 터라 힘을 쓰는데 조심스러울 수밖에 없었다.

"뱀파이어라…… 하지만 어떻게?"

뱀파이어가 되는 것은 그리 간단하지 않다. 필수적인 조건을 모두 갖춘다고 해도 성공률은 3/4정도. 비교적 높은 확률이긴 해도 4명 중에 한 명은 실패한다는 뜻이다.

그런데 성주선의 경우 그 어떤 조건도 맞지 않았음에도 뱀파이어가 되었다.

"이미 죽었고 피를 나눠 받기는커녕 아예 모두 빨렸는데 대체 어떻게?"

진강은 가만히 손을 들어 올려 보았다. 방 안에 남아있는 기운들이 어떤 답을 내려주길 바랐다.

"특별한 건……."

뱀파이어, 그리고 그 자신이 남겨 놓은 강렬한 기운. 아무리 정신을 집중해 보아도 특별한 것이라고는 찾을 수 없었다. 진강이 다시 시간의 잔상을 보아야 하나 진지하게 고민하려 할 때 갑자기 뭔가가 그의 머리를 스쳤다.

극히 미미하기는 하지만 그 자신의 기운들 틈에 섞여 있는 날카롭고 세련되며 보랏빛을 떠올리게 만드는 기운. 그는 그것이 무엇인지 알고 있었다. 아니, 정확히 말하자면 누구의 것인지 알고 있었다.

"아라디아. 그래, 흩어진 뱀파이어들의 기운을 끌어모아 그녀의 몸에 담고 억지로 부활시킨 거군. 과연 반쪽짜리 신이나 할 만한 짓이다."

진강의 표정은 차갑게 식어 있었다. 그의 얼굴에 당혹감은 사라져 있었고 냉정하게 상황을 파악하느라 여념이 없었다.

"하지만 아라디아는 사신(邪神)도 신(神)도 아닌, 사람의 희망에 이끌리고 그 희망에 의해 형체를 가지게 되는 허신(虛神). 필연적으로 생명이 충만한 세계를 찾아다니며 그 숭배자를 찾는 반쪽 신이다. 그런데 그런 자가 대체 이미 죽어 버린 이 세계에 무슨 볼일이 있다고……!"

아라디아. 그녀는 마녀들의 신으로, 고대시대에 적혀졌다는 동명의 마도서적 아라디아에 따르자면 절대신 디아나와 디아나의 아들이자 남편인 루시퍼의 딸이다.

하지만 실제 전해 내려왔다는 아라디아 원본은 단순한 위서에 불과했으며 근대에 몇몇 이들이 원본의 필사본이라며 주장하며 내놓았던 것들은 원본을 본 적도 없는 몇몇 신비주의자와 돈을 노린 사기꾼들이 만들어 낸 가짜.

거기다 애초에 디아나에 대한 묘사는 본래 디아나 신에 대한 것과 전혀 다르기에 고대의 것이라고 할 수 없고, 루시퍼의 등장과 그 성격은 완벽하게 중세 기독교적 시각에 기초해 있다는 점을 생각한다면 신빙성은 찾아볼 수 없다.

어쩌면 그러한 것들 자체가 숭배자를 모으려 했던 아라디아의 술수였을지도 모른다.

인간들이 만든 어둠 속에서 이름 있는 신들의 위광을 등에 업고는 그 자신의 숭배자를 모으려 했던 것인지도 모른다. 물론 그 결과는 알다시피 작은 꽃조차 피우지 못한 채 그대로 역사 속에 묻혀 사라졌지만 말이다.

진강은 가볍게 숨을 내뱉었다.

사정을 알게 된 이상 당황할 필요 없다. 어차피 이 죽어 버린 세계에 온갖 것들이 찾아올 것이라는 것은 이미 예상했던 일.

"무슨 생각인지는 모르지만 내게 위험이 되지는 않을 터."

진강은 한층 여유로운 얼굴로 걸음을 옮겼다. 그는 5층으로 향했다. 들고 있던 경면주사와 부적은 모두 사라졌기에 새 것이 필요했다.

2

나알라호텝

"으, 으음……?"

이후 사람들이 하나둘 깨어나기 시작한 것은 해가 다 진 뒤였다. 사람들은 어째서 자신들이 잠들었는지 이해하지 못했다. 다만

"깨셨습니까?"

진강의 그 물음에 사람들은 잔뜩 움츠러들었다.

"아, 예."

겨우 꺼낸 목소리조차 기어들 것처럼 작고 약했다. 어쩔 수 없었다. 잠들기 전 그들이 보았던 것에 대한 기억

은 잊어버리기엔 너무나 강한 것이었다.

"……."

아래에 있던 성진과 성은, 정진은 무슨 일이 있었는지 몰랐기에 지금의 상황을 이해하지 못해 말이 없었고, 상황을 아는 자들은 두려움에 말이 없었다.

"식사는 어떻게……?"

"몸은 이제 좀 괜찮으십니까?"

오직 소연과 인수만이 변함없이 그를 대하고 있을 뿐이었다. 소연은 어느새 저녁 식사 준비까지 시작하려 하고 있었다.

"저는 괜찮습니다. 속이 좋지 않군요."

진강은 다른 이들을 의식한 듯 강좌실에서 나가 주려했다. 사실 그가 굳이 지금까지 기다렸던 것은 혹시라도 사람들 중 깨어나지 못하는 이가 있을까 싶어서였다.

잠들어 있던 마지막 사람이 깨어난 이상 이 어색한 분위기와 그런 어색한 분위기를 자신이 만들고 있다는 사실이 더 이상 참기 어려웠다.

"저……."

소연이 그를 잡으려 했지만 인수의 만류로 이내 곧 그

만두었다. 진강은 그대로 문을 나섰고 그 뒤를 곧 인수가 따랐다.

"그, 그럼 모두 식사하세요."

식사가 시작되고 사람들 중 누구도 주선에 대해 이야기하는 사람은 없었다. 너무나 처참한 광경이었고, 또한 이미 그녀가 죽은 것을 알았기 때문에 새삼 그녀의 시체에 대해 신경을 쓰는 이도 없었다.

"그녀는 어떻게 하셨지요?"

오직 인수를 제외하고는 말이다.

"무슨 말씀이신지요?"

진강은 우선 시치미를 뗐다. 5층으로 올라온 둘은 그 복도에 서서 서로를 마주보았다. 어둡고 휑한 복도에 점점 긴장이 채워져 갔다.

"성주선 씨의 시체는 직접 처리하신 겁니까?"

그녀의 이름을 언급할 때 인수의 입술은 살짝 떨렸다.

"왜 그걸 알고 싶으시죠?"

"……."

인수는 답을 하지 않았다. 후회하거나 하는 건 아니었다. 단지 기분 나쁜 책임감을 느끼고 있을 뿐이었다.

"마지막 순간, 그녀와 무슨 일이 있었는지는 모르겠지

만 책임을 느낄 필요는 없습니다."

"훗."

진강의 그 말에 인수는 웃었다.

"저는 후회하지 않습니다. 그 여자가 한 같잖은 짓거리들, 말들. 그녀가 죽은 것이 슬프지도 않고 오히려 이득이라는 점을 저는 잘 알고 있습니다. 만일 그 마지막 순간으로 돌아간다고 해도 똑같이 행동할 겁니다. 하지만."

인수는 잠시 말을 멈췄다. 그의 눈동자가 다시 살짝 흔들리고 아랫입술이 떨렸다.

"하지만 그녀의 죽음은 제 책임입니다. 그것을 부정하고 눈을 돌릴 생각은 없습니다."

"……."

진강은 가만히 인수를 바라보았다. 그의 눈동자는 떨리고 있었지만 그 안에는 분명 의지가 담겨 있었다. 진강은 곧 몸을 돌려서는 사무실 문으로 다가갔다.

"그녀는 살아 있습니다."

"예?!"

진강이 사무실 안으로 들어가자 인수는 다급히 그 뒤를 따랐다.

"뭐 정확히 말하자면 살아 있는 건 아니지만 말입니다."

"그게 무슨 말씀이십니까?"

"그녀는 뱀파이어가 되었습니다. 그리고는 스스로 밖으로 나갔지요."

"예?!"

인수는 진강이 한 말들을 쉽게 이해하지 못했다.

"배, 뱀파이어라는 게 원래 그렇게 쉽게 될 수 있는 겁니까? 그, 그녀는 분명……."

"예, 죽었지요. 그리고 역설적이지만 이미 죽어 버린 시체는 뱀파이어가 되지 못합니다. 때로는 워커 비슷한 존재가 될 때는 있지만 말입니다."

"그렇다면 어떻게……?"

"저 때문입니다."

"……?!"

"제가…… 그러니까 좀 전에 제가 만들어 낸 파장이 어떤 존재를 불러들였습니다."

"어떤 존재라면?"

"아라디아."

"아라디아?"

“예. 반쪽짜리 신들 중 하나입니다. 무슨 꿍꿍이인지는 모르지만 그녀를 되살리고 또 데려가 버린 것 같군요.”

인수는 다리가 풀린 듯 소파에 앉았다. 하지만 그녀가 살아 있다는 말에 그의 떨림은 어느새 멎어 있었다.

“괜찮으십니까?”

“하하. 워커에 뱀파이어뿐만 아니라 신들에 반쪽 신까지. 이쯤 되니 살아 있는 게 행운인지 불행인지 모르겠고, 또 이 모임에 이끌린 게 우연인지 필연인지도 모르겠군요.”

인수는 어딘가 초탈한 미소를 떠올리며 그렇게 말했다.

“어느 쪽이었으면 좋으시겠습니까?”

“글쎄요. 굳이 따지자면 행운이겠지요. 제가 가지고 있던 인식 이상의 것을 알게 되었으니까요. 하지만 이게 우연이 아니라 필연이라면 신이란 자들이 정말로 원망스럽군요.”

진강은 가볍게 웃어 보이더니 책상 쪽으로 걸어가서는 상자에서 가루로 된 경면주사들을 꺼냈다.

“또 그걸 드실 겁니까?”

"뭐 그렇지요."

진강은 뚜껑을 열고는 가루를 그대로 입에 쏟아부었다.

"저…… 제가 당신을 추궁하지 않겠다 말한 거 기억하십니까?"

"물론입니다."

"잊어버리십시오. 들어야겠습니다. 당신은 대체 어떤 존재입니까? 어떻게 이 모든 것을 알고 있는 겁니까?"

진강은 다음 통을 향해 뻗었던 손을 거둬들였다.

"하아……."

그는 긴 한숨을 내쉬었다. 하지만 어느 정도 예상하고 있었는지 담담한 표정으로 인수를 바라보았다.

"장대한 설명을 원하십니까. 아니면 짧고 간결한 설명을 원하십니까?"

"장대하고 자세한 설명을 바라지만 솔직하게 말하면 그걸 제가 감당할 수 있을 거라 생각되지 않는군요."

진강은 고개를 끄덕였다.

"미리 말해 두지만 이 사실을 아신다고 해서 특별히 어떻게 하실 수 있는 일도, 달라질 것도 없을 겁니다.

어쩌면 그저 마음만 어지럽힐 수도 있겠지요. 그래도 들으시겠습니까?"

이번에는 인수가 고개를 끄덕였다.

"제가 말했었지요. 위대한 신들이 이 땅을 떠난 이유는 쓸데없는 분쟁을 피하기 위해서라고."

인수는 말없이 고개를 끄덕였다. 그는 진강의 어투에서 이미 뭔가를 읽어낸 듯 보였다.

"그 신들이 피하려고 한 외부의 신들. 흔히 사신(邪神)이라고 불리는 그들은 본래 살아 있는 세상에서는 살아갈 수 없습니다. 세상은 온 힘을 다해 그들의 존재를 부정하거든요."

"마치 병균과 같군요."

인수의 그러한 말에 진강은 잠시 당황한 듯 말을 멈췄다.

"예. 뭐…… 그렇게도 말할 수 있겠죠. 다만 다른 점이 있다면 아무리 강력하고 치명적인 병균이라도 세상은 너무도 손쉽게 이겨 버린다는 겁니다. 그래서 그들은 언제고 세상이 생명을 다한 뒤에서야 그 세상으로 들어오지요."

"들어와서 무엇을 하지요?"

"특별히 하는 일은 없습니다. 시체가 썩어 땅으로 돌아가듯, 죽어 버린 세상이 절대 심연으로 돌아갈 때까지 잠시 그 사이를 노니는 거지요. 세상이 남겨 놓은 온기 속에서 생명의 잔영을 느끼면서 말입니다. 그들에게 그것은 마치 따분하고 영원히 끝나지 않는 수업 시간들 사이에 찾아오는 짧은 쉬는 시간 같은 겁니다. 그래서 많은 사신들이 이 시간을 기다리는 거지요."

"불평을 할 생각은 아니지만, 짧고 간결한 설명임에도 저로서는 벌써부터 감당하기 힘들군요."

인수의 그 말에 진강은 장난스럽게 고개를 숙였다.

"사과드리죠. 서론이 길었군요. 조금만 더 들어주십시오. 어쨌든 바로 그렇기에 몇몇 사신들은 이 쉬는 시간을 조금 더 오래 즐기고 싶어 했습니다. 그래서 세상 속으로 숨어들었지요."

"자, 잠깐만요. 방금 전에 사신들은 살아 있는 세상 속으로는 들어오지 못한다고 하셨지 않습니까?"

"물론입니다. 다만 사신으로서라면 그렇지요."

"……?"

인수는 이해하지 못하겠다는 눈으로 진강을 바라보았다.

"그러니까…… 세상은 사신을 거부하지만, 세상이 그들을 사신으로 인식하지 않는다면 어떨까요? 예를 들어 사신의 힘과 지위를 포기하고 그 몸을 그 세상의 것과 한없이 가깝게 바꾼다면? 혹은 사신의 힘은 바깥쪽에 남겨둔 채 그 의식만이 있는 거라면?"

"……!"

인수는 진강이 무슨 말을 하고 있는지 알아차렸다.

"설마……?!"

"예. 그렇습니다. 제가 바로 그 사신들 중 하나인 기어드는 혼돈, 얼굴 없는 자, 나알라호텝입니다. 뭐 정확히 말하자면 그의 의식 중 일부지만 말이죠."

인수는 그제야 모든 것이 이해되었다. 그의 힘. 그의 지식. 그리고 조금 전 보여 주었던 그 태도들. 그것은 모두 그가 신들 중 하나였기 때문이었다.

"그, 그럼……?"

인수는 의식하지 않으려 안간힘을 다했지만 그 목소리가 떨리는 것은 어떻게 할 수 없었다.

그런 인수를 향해 진강은 손을 들어 올려 보였다.

"아, 무리하실 필요 없습니다. 그대께서 궁금해 하실 만한 건 다 말해드리죠. 그러니 잠시 듣고만 계시다가 그럼에도 궁금하신 게 남는다면 그때 묻도록 하시지요. 어떻습니까?"

인수는 고개를 끄덕였다.

"본래 나알라호텝은 수많은 사신 중에서도 가장 특별하다고 할 수 있는 존재입니다. 절대 심연의 절대신인 아자토스의 뜻을 대변하는 유일한 사자이자 사신들 중 가장 강대한 다섯 왕들 중 하나이니까요. 음, 이거 하다 보니 제 자랑 같군요."

장난스런 농담에도 인수의 표정은 펴지지 않았다.

"어쨌든 나알라호텝은 자신의 의식만을 분리시켜 이 세상 속으로 집어넣을 수 있는 유일한 사신이었습니다. 물론 그 힘은 극단적으로 제한되지만 말이죠. 그는 때때로 세상 속에서 왕이 되기도 하고 예언자가 되기도 했으며 신들 몰래 어둠 속에서 자신의 왕국을 세우기도 했습니다. 하지만 바로 그 점이 위대한 신들의 노여움을 샀지요. 그는 신들에 의해 벌을 받게 되었습니다. 자신이 누군지도 잊은 채 세상의 흐름에 휩쓸려 태어나고 죽기를 반복하게 된 겁니다."

꿀꺽!

너무나 엄청난 내용에 인수는 자기도 모르게 마른침을

삼켰다.

“얼마나 오래전부터 그래 왔는지는 기억나지 않습니다. 다만 기억나는 것은 벌을 받기 전 그가 왕으로 있던 별에 바다는 붉은빛이었다는 것뿐입니다.”

진강은 그때를 회상하듯 살짝 눈을 감고 있었다.

“어쨌든 그렇게 억겁의 시간 동안 나고 죽고를 반복하고 있는데 몇 달 전 갑자기 이 모든 게 흐릿하게나마 떠오르기 시작하더군요. 세상은 그때 이미 약해져 있었던 겁니다. 그 덕분에 정신과 육체의 연결이 깊어진 거겠지요. 이후 어느 정도 기억을 찾고, 연결이 한층 더 강해지니 자연히 세상이 끝날 거란 걸 알아차렸습니다. 신들이야 세상 속에 살다 보니 잘 몰랐겠지만, 제 육신은 세상 밖에 있다 보니 훨씬 더 알아차리기 쉬웠지요.”

진강은 많은 말로 목이 탔는지 생수를 집어 들어 한 모금 들이키고는 다시 말을 이었다.

“그리고는 준비를 시작한 겁니다. 나를 나 자신으로, 이진강으로 있게 하기 위해 도움이 될 만한 것들을 말입니다. 세상이 끝난다면 신들은 떠날 테고, 그들이 건 술법도 약해질 테고 그렇게 되면 저는 다시 나알라호텝으로 되돌아가야 되니까요."

"되, 되돌아가는 게 싫으십니까?"

"후후."

진강은 인수의 말에 잠시 주저하더니 이내 자조 섞인 미소를 지어 보였다.

"불완전한 인격이기 때문이죠. 현재 나알라호텝은 꿈을 꾸고 있는 것과 같습니다. 생각해 보십시오. 꿈속의 나와 현실의 나가 똑같은 나라고 할 수 있을까요? 꿈에서 깼을 때 꿈속에서의 기억 따위는 그저 흐릿한 잔상으로밖에 존재하지 않습니다. 물론 저는 나알라호텝의 일부. 하지만 지금 이 순간 저는 기어드는 혼돈이 아니라 이진강으로 존재하고 있습니다. 물론 언젠가는 꿈에서 깨어나야겠지요. 그게 바로 제가 이 경면주사를 계속해서 들이키고 힘을 자제하고 있는 이유입니다."

그리고 사무실 안에는 침묵이 내려앉았다.

진강으로서는 더 해 줄 말이 없었고 인수로서는 이미 진강이 경고했듯 너무 차원이 다른 내용들뿐이라 안 들은 것과 별반 다를 바가 없었다.

그저 그 엄청난 내용들을 어떻게 받아들여야 할지에 대한 혼란뿐이었다.

그렇게 한참 지난 후 마음을 추스른 듯한 인수가 입을 열었다.

"그래서 저희를 지켜 주고 계신 거군요. 인간으로서의 자신을 잃지 않기 위해서."

"그렇습니다."

진강은 부정하지 않았다.

"당신께서 만일 나알라호텝으로 돌아가신다면 우리는 어찌 됩니까?"

"운이 좋다면 고통 없이 죽을 수 있겠지요."

운이 좋지 않을 경우에 대해서 진강은 말하지 않았다.

하지만 인수는 그것이 단순히 고통 속에서 죽는다 보다 훨씬 끔찍한 것임을 예상할 수 있었다.

인수는 잠시 고개를 저었다. 자기도 모르게 떠오르는 최악의 상황들조차 신이 생각하는 것들에 비한다면 어린애 장난일 거란 사실이 그를 두렵게 만들고 있었다.

"마지막으로 묻겠습니다."

인수는 굳은 표정으로 물었다. 그는 어떠한 감정들을 누르고 있었다.

"당신께서는 우리가 살아남은 게 신들의 실수였다고

하셨습니다. 정말 그뿐입니까?"

그의 말들 아래에 있는 것은 어떤 확신이 깔려 있었지만 또 그 아래에 있는 것은 불분명한 여러 감정들이었다.

분노가 보이기도 했고 고마움이 보이기도 했으며 또한 허망함이 보이기도 했다.

진강은 잠시 아무 말도 하지 않았다. 망설인다거나 주춤거린 건 아니었다. 단지 인수에게 시간을 준 거였다.

"아니요. 그것만은 아닙니다. 아마 제 존재가 그들에게 부담스러웠겠죠. 그래서 당신들은 제쳐 놓고 다른 이들의 영혼부터 챙긴 겁니다."

"……."

진강의 답에 인수는 고개를 끄덕였다. 이미 예상하고 있었다. 그는 단지 확인하고 싶었을 뿐이었다.

"하지만 걱정하지 마십시오. 그렇다 한들 당신들이 죽어서 지옥이나 아니면 사신들이 있는 절대 심연에 떨어지는 건 아닙니다. 신들이 데려갔든 아니든 어차피 영혼은 또 다른 세상의 굴레로 흘러가기 마련입니다. 신들이 굳이 영혼들을 데려간 이유는 새로운 세상에서 자신들의 세계를 조금 더 쉽게 만들기 위해서, 혹은 온갖 괴이한 것들로 가득 찰 죽어 버린 세계에서 쓸데없는 고통을 당하지 말라는 자비심 이 둘 중 하나니까요."

인수는 천천히 자리에서 일어났다. 잠에서 깬지 한 시간 남짓한 시간이었지만 감당하기 힘든 이야기들 때문인지 피곤한 듯 보였다.

"모두 말씀해 주셔서 감사합니다. 저는 이만 내려가 보도록 하겠습니다. 피곤하기도 하고 다른 사람들이 괜한 분위기에 휩쓸리지 않게 도와야 하니까요."

"그러도록 하십시오."

인수는 사무실 문을 열었다. 문을 나서려던 그는 갑자기 생각난 듯 급히 고개를 돌렸다.

"내일은 다른 생존자 수색을 하는 게 어떻겠습니까?"

뜬금없는 그 제안에 진강은 고개를 갸웃거렸다.

"다른 생존자요?"

다른 것도 아니고 자신의 정체를 안 상태에서 어째서 인수가 그런 제안을 하는지 진강은 쉽게 이해할 없었다.

"예. 사람들이 불안해하고 있으니 아무 일도 하지 않는 건 좋을 게 없습니다. 거기다 생존자 수색을 하는 도

중 생활용수 문제를 해결할 방법을 찾을 수 있을지도 모르잖습니까."

진강으로서는 그리 내키지 않았다. 이곳을 떠나게 되면 어떤 식으로든 힘을 써야 했고 지금으로서는 힘을 쓰는 건 아무래도 부담이 되는 상황이었다.

"아무래도 저는……."

"걱정하지 마십시오. 진강 씨께서는 여기 계시면 됩니다. 수색은 저희들끼리 나가 보겠습니다. 그 편이 진강 씨의 필요성을 더 실감나게 해 줄 테니까요. 인간은 간사한 동물이다 보니 그렇게 되면 불안감도 한층 줄어들 겁니다."

"괜찮으시겠습니까? 아시다시피 워커들만 있는 게 아닙니다. 여러분만으로는 위험합니다."

"생존자 수색이라고 해서 진짜로 하진 않을 겁니다. 점심 식사를 마친 뒤에 사람들을 버스에 태우고, 떠나기 전에 우선 계획을 세우자고 제안하면 계획을 세우는 대만 꽤 시간이 걸릴 겁니다. 어차피 어두워지기 전에 돌아와야 할 테니 도시로 들어갈 수는 없을 테고, 실제로는 그저 가까운 고속도로 휴게실에 들렀다가 오는 정도겠지요."

진강은 인수의 그 말들에 내심 감탄하고 있었다. 치사하고 간단해 보이지만 계산들 속에서 나온 계략이었다. 확실히 인수는 사람들을 다루는 법을 알고 있었다.

분명 진강 또한 신으로, 왕으로, 예언자로. 수많은 삶을 살았고 그 기억을 갖고 있었다. 하지만 그 기억이라는 것들은 빛바랜 종이에 쓰여 있는 다 지워진 외국어를 대강 읽는 것처럼 확실치 않은 것들뿐이었다.

한때 위대한 왕이나 뛰어난 정치가, 백전불패의 전략가였다는 건 기억하고 있었지만 단지 그뿐이었다. 그 자신이 어떤 전략을 썼는지, 어떻게 백성을 다뤘는지 같은 자세한 것은 조금도 기억나지 않았다.

그가 확실히 기억하고 있는 것은 이진강으로 살았던 지난 20여 년 정도의 인생뿐이었다.

그것은 그가 나알라호텝이 아닌 이진강이라는 인간의 인격을 고집하기 때문이었다. 그 방대한 지식과 기억을 그로서는 감당할 수 없었고 자연히 그 이상의 것들은 저 깊이 그 본래의 의식 속으로 묻어 버린 거였다.

"알겠습니다. 맡기도록 하지요."

"내일 뵙겠습니다."

인수는 아래층으로 향했고 진강은 다시 경면주사들 쪽

으로 손을 뻗었다.

"……."

아래로 내려온 인수는 삼삼오오 사람들이 뭔가 이야기하고 있는 모습을 보았다. 그들은 혼란스러워 보였다. 특히나 뱀파이어들이 왔을 때 떠나겠다는 선택을 했던 이들은 불안해하고 있는 모습이 역력했다.

"……!"

그들은 인수의 등장에 몸을 일으켰다. 그가 뭔가 말해줄 거라 기대하고 있었다. 그리고 인수는 그들에게서 그것을 읽어냈다.

"여러분."

그는 두 팔을 어깨만큼 펼치며 두 손바닥을 펼쳐 보였다.

"뭘 그리 불안해하시고 걱정하시고 계신 겁니까? 특별히 변하는 건 없습니다. 밖에 우글대던 워커들은 사라졌고, 뱀파이어들은 성주선 씨의 죽음에 그 책임을 졌습니다."

성주선의 이름과 책임이라는 말을 할 때 인수의 아랫입술이 떨렸다. 그녀가 살아 있다는 걸 알고 있었지만 그녀가 죽는 그 순간은 여전히 그의 머릿속에 남아 있었다.

"성주선 씨에 대한 애도라면 몰라도 쓸데없는 걱정을 할 시간 같은 건 없습니다. 내일부터는 다른 생존자들을 찾아나서야 하니까요."

"다, 다른 생존자요?"

사람들의 표정이 조금이지만 변했다. 인수는 그 순간을 놓치지 않았다.

"예. 내일부터 찾기 시작할 겁니다."

"지, 진강 씨는……?"

"진강 씨께서도 같이 가실 겁니다."

인수는 거짓말을 했다. 그는 그것이 아무런 의미가 없다는 것을 알고 있었다.

"자, 잠깐만요!"

인수는 속으로 미소를 지었다. 그들의 눈에는 진강이라는 말을 할 때마다 두려움이 스치고 있었다.

"굳이 그가 따라와야 할 필요가 있을까요? 부, 붉은 가루는 충분한데 말이죠."

사내의 말에 다른 사람들은 곧 동조했다.

"마, 맞아요."

인수는 터져 나오려는 웃음을 참으며 애써 걱정스런 표정을 지어 보였다. 그리고는 확실히 하기 위해 다시 물었다.

"그래도 괜찮겠습니까?"

"물론입니다."

"알겠습니다. 진강 씨께도 제가 그렇게 전하도록 하죠."

인수는 몸을 돌려 다시 문 쪽으로 향했다.

그는 이제 떠오르는 미소를 더 이상 참지 않았다. 모두 예상대로였다. 만일 그가 처음부터 진강이 참여하지 않는다고 했다면 오히려 그 사실에 사람들은 불안해하고 불만을 가졌을 것이다.

하지만 스스로 그것을 거부한 이상 더 이상 불만을 가지지 않을 터였다. 그런데 문을 나서려는 순간 소연과 성은이 입을 열었다.

"하, 하지만 뱀파이어들에게는 가루가 통하지 않았어요. 위험하지 않을까요?"

"맞습니다. 우리끼리 가는 건 위험합니다."

인수는 멈춰 섰다. 이것은 예상하지 못한 거였다. 그리고 그것은 어처구니없는 실수였다. 가그를 만났을 때

사정을 아는 소연과 같이 나갔었던 성은의 경우 만류할 수 있다는 점을 깜박했던 거였다.

그는 어떻게 해야 이 상황을 생각했던 대로 넘길 수 있을지 급히 머리를 굴렸다. 하지만 그럴 필요는 없었다.

"괘, 괜찮아요!"

"그럼요! 뱀파이어들은 또 안 올 거예요."

사람들은 기겁을 하며 저마다 소연의 말을 묻어 버리려 바빴다.

소연은 어째서 그들이 그렇게 말하는지 이해할 수 없었지만 인수는 알아차렸다.

그들이 진강에 대해 그렇게 반응했던 것은 막연한 두려움 때문이 아니었다. 그것은 그들은 나름의 계획이었다. 그들은 지금 뱀파이어가 다시 오기를 내심 바라고 있었다.

진강이 없는 내일 만약 뱀파이어들이 온다면 그들은 뱀파이어들과 떠날 생각을 하고 있었다.

"그럼 저는 진강 씨께 그렇게 전하고 오도록 하죠."

하지만 인수는 모르는 척 그렇게 말했고 사람들은 그제야 안도했다.

"그, 그러세요!"

인수는 강좌실 문을 나섰다. 하지만 위층으로 다시 올라가지는 않았다. 진강에게 말을 전하겠다는 건 조금 더 그럴싸해 보이기 위한 거짓말이었으니 당연한 일이었다. 그는 대신 아래로 향했다.

"……."

그는 이마에 살짝 맺혀 있는 땀을 소매로 훔쳤다. 분명 어처구니없는 실수들에도 불구하고 다행히 계획대로 되었다. 하지만 그의 표정은 그리 좋지 않았다. 사람들의 마음은 이미 진강에게서 떠나 있었다. 물론 실질적으로 그들이 할 수 있는 일이라고는 지금처럼 뱀파이어들이 혹시나 또 찾아올까 기다리는 정도에 불과했지만 문제는 그들의 그런 태도를 알아챌 진강이었다.

"하아."

그는 짧은 한숨을 내쉬고는 그대로 계단에 걸터앉았다. 원래라면 3층으로 내려가 대충 요기를 할 생각이었지만 어느새 허기는 사라져 있었다.

"지금 진강에게 사람들은 그 자신을 잃지 않게 만드는 보호 장치. 그렇기에 실제로 떠났느냐 안 떠났느냐가 중요한 게 아니야. 설사 남아 있다고 해도 정신적인 교감이 떨어지면 떨어질수록 그에겐 위험해. 최악의 경우 그에게 더 이상 사람들의 존재는 의미가 없어질 테고 그렇게 되면……."

인수는 어제 보았던 그 불길하고 거대한 그림자를 떠올렸다. 온몸의 세포 하나하나가 두려움에 떨고, 그 자신의 영혼은 끝없이 비명을 질러댔던 그 감각은 아직도 남아 있었다.

"……."

그는 미친 듯 떨리고 있는 팔다리를 흔들었다. 불안이나 공포가 남아 있으면 안 됐다.

만일 사람들이 자신의 안에서 그것의 일부라도 보게 된다면 더 이상 진강에 대한 그의 말을 귀담아 듣지 않을 터였다.

"자, 생각하자, 생각해. 불가능한 최선이 아니라 가능한 차선은……."

한참을 중얼거리던 그는 뭔가가 떠올랐는지 갑자기 말을 멈췄다.

"그래. 그런 방법이…… 아니…… 하지만……!"

하지만 그는 곧 다시 중얼거리기 시작했다. 마치 뭔가

의 사이에서 망설이는 듯 보였다.

그리고 또다시 한참의 시간이 흐른 뒤 그는 결심한 듯 표정으로 몸을 일으켰다.

3

아라디아

"……."

주선은 한 건물 옥상 위에 올라와 하늘을 바라보고 있었다. 하늘에는 별들이 가득했다. 하지만 그녀에게 그 모습은 아름답다거나 하지 않았다. 그것은 오히려 두렵기만 했다. 그 아득함과 광활함이 그녀를 집어삼키고 있었다.

"……."

그녀는 고개를 숙였다. 한참을 달리다 보니 어느 정도 정신이 들었다. 자신이 어째서 이런 몸이 되었는지는 여전히 이해할 수 없었지만 적어도 지금 그녀는 그럭저럭 의식과 이성을 되찾은 상태였다.

다만 여전히 참을 수 없는 갈증은 계속되고 있었지만 말이다.

처음 몇 시간 동안 그녀는 그냥 달리기만 했다. 처음에는 인수의 환영에서 도망쳤지만 그 다음부터는 아무 생각 없이 달렸다. 하지만 그럼에도 이상하게 방향만은 언제나 일정했다.

멈출 줄을 몰랐기에 그녀는 힘이 빠질 때까지 달렸다. 그리고 속도가 현저히 줄어들었을 때 건물 벽에 부딪히는 것으로 자리에 멈춰 설 수 있었다.

"꼴사납군."

그녀는 자신의 팔을 내려다보며 그렇게 말했다.

"이대로라면 그 인간 말대로잖아."

자신이 마지막으로 본 인수. 그것이 환영이라는 사실을 알아차리기는 충분한 시간이었다. 그러나 설사 환영이라고는 그가 내뱉은 말들과 그 시선은 잊혀지지 않았다.

"……."

그녀는 다시 몸을 일으켰다. 그리고는 난간 쪽으로 걸

음을 옮겼다. 아래에는 수많은 워커들이 다니고 있었다.

"……이런 걸 바란 적은 없었는데."

그녀의 눈가에 투명한 눈물이 고여 갔다.

성주선. 그녀가 아직 어렸을 때 그녀의 아버지는 자상하고 가정적인 남자였다. 작은 회사에 말단 사원에 불과했지만 그는 성실했고 또 언제나 가족을 위해 스스로를 희생했다.

주말에는 언제나 그녀의 손을 잡고 유원지나 동물원으로 향했으며 월급날이면 언제나 그녀가 좋아하는 선물을 사 들고 들어와 그녀를 깜짝 놀래켰다.

그러나 조금 더 시간이 흐르고 그녀가 초등학교 고학년이 되었을 때쯤. 그녀의 어머니가 다른 사내와 눈이 맞아 도망쳐 버렸다. 이후 어머니의 소식을 아는 사람은 없었고 그저 외국으로 떠났다는 말만 들려왔다.

그녀의 아버지는 그 충격으로 회사를 그만두었고 반쯤 정신이 나간 채 어머니를 찾기 위해 사방으로 뛰어다녔다. 그리고 집으로 돌아올 때는 언제나 술에 취해 있었다.

취해서 돌아온 그는 그때마다 집안에 있는 물건을 던지고 부서뜨리길 반복했다. 그리고 마침내 더 이상 부서뜨릴 물건이 없게 되었을 때, 그는 구석에 숨어 숨을 죽이고 있는 자신의 딸을 발견했다.

그날부터 폭력은 시작되었다. 어렸던 그녀는 도움을 청할 곳을 알지 못했다. 당시 그녀의 담임 선생님이 상황을 알아차리고 행동에 나설 때까지, 그녀는 거의 반년 동안 아버지의 폭행에 시달렸었다.

그녀의 아버지에게서 떨어져 친척집에 살게 되었지만, 그렇다고 그곳도 그리 좋은 가정은 아니었다. 신체적인 폭력은 없었지만, 그녀는 언제나 가족이 아닌 외부인에 불과했고 자연히 학교에서도 어울리지 못했다.

고등학교 때, 용기를 내 좋아하는 남학생에게 고백한 적도 있었지만, 돌아온 답은 못 생겨서 싫다는 답과 고등학교 3년 동안 계속해서 이어지는 조롱뿐이었다.

대학생 때는 먼저 고백해 온 같은 과 선배와 사귀기도 했지만, 그는 그저 하룻밤을 보낸 뒤 그녀와 연락을 끊었다. 사람들은 말을 만들기 좋아했고 또다시 그녀는 사람들의 입에 오르내렸다.

그녀는 대학을 관뒀다. 그리고 더 이상 아무도 믿지 않으려 했다. 그녀는 혼자서 디자인 공부를 했고 몇 개의 작은 공모전에서 상도 받았다. 덕분에 그녀는 작은 의류 회사에 취직을 했고 거기서 나름 두각을 보였다. 그러던 중 또다시 한 사내가 그녀에게 호감을 표했다.

그녀는 받아들이지 않았다. 하지만 그는 계속해서 호감을 표했고 결국 그녀는 받아들였다. 처음에는 행복했었다. 그녀로서는 마치 지금까지의 불행에 대한 보상을 받는 느낌이었다.

그러나 여타의 연인들처럼 그 시간은 오래가지 못했다.

그들 사이에 다툼은 잦아졌고 남자는 다른 여자에게 눈을 돌렸다. 그녀는 절망에 빠져 인터넷 속에서 한 모임을 찾아냈고 감정적으로 가입했다. 그리고 며칠 후 마지막 의식에 참여하겠다는 동의서를 보냈다.

최소한 그때는 분명 죽을 생각이었다. 하지만 마지막 미련이 그녀를 부추겼다.

그녀는 잘못 보내는 것처럼 모임 날짜와 시간을 남자에게 문자로 보냈다. 드러내지는 않았지만 확실히 자살을 암시하는 문구들을 넣었다.

그리고 그날 버스에 올라 기다렸다. 혹시나 그가 찾아온다면, 설사 미안함이나 사랑해서 같은 이유가 아니라 그저 단순히 죽는 걸 말리기 위해서라도 그냥 찾아만 와 준다면 그걸로 충분했다.

버스에서 내려 지금까지처럼 고통스럽지만 살아갈 생각이었다. 하지만 그는 오지 않았다. 아니, 오히려 '잘 죽었냐?' 라는 조롱 섞인 문자를 보내왔다.

"차라리 그때 죽었다면 좋았을 텐데."

그녀의 뺨에 눈물이 흘러내렸다. 죽으려는 마음이 없었던 것은 아니었다. 분명 그 문자를 보았을 때 그녀는 죽기로 결심했다. 다만 시간이 지나고 죽음에 대한 공포가 스멀스멀 올라왔을 때 갑자기 눈앞에 나타난 워커들의 모습은 그 결심을 흔적도 없이 날려 버렸다.

그녀는 소리 없이 흐느꼈다. 결국 그녀는 증명하지 못했다. 그녀의 모든 것은 결국 조롱거리에 불과했다.

"……."

그녀는 아래를 다시 내려다보았다. 건물은 20층 정도 될 만큼 높았다. 여기서 떨어지면 죽을 수 있을까? 그런 생각을 하며 그녀는 난관 위에 올라섰다. 그런데

—뭘 하고 있는 거냐. 인간의 아이야.

갑자기 들려온 신비한 목소리에 그녀는 고개를 돌렸다. 거기에는 그녀 자신과 똑같이 생긴 또 다른 그녀가 그녀를 바라보며 서 있었다.

"……?!"

그녀는 이 상황을 이해할 수 없었다. 갈증 때문에 또 다시 환영을 보는 거라면 그냥 이대로 뛰어내리고 싶었다.

—후후. 애써 되살려 놓았더니 죽으려고 안간힘이더냐?

매혹적인 목소리. 자신과 똑같은 여성의 입에서 나온다고는 믿을 수 없을 만큼 매혹적이고 우아한 목소리였다.

하지만 그런 게 중요한 게 아니었다. 그녀는 자신의 귀에 들린 단 하나의 단어에 집중하고 있었다.

"다, 당신이 살렸다고?!"

그녀는 그 자신과 똑같이 생긴 그 수수께끼의 여인을 향해 몸을 날렸다. 하지만 주선은 그녀의 몸을 그대로 통과해 버렸다.

"……?!"

주선은 다시 몸을 돌려서는 주먹을 뻗었다. 하지만 마찬가지였다. 주먹은 그저 허공을 때리듯 그녀의 몸을 그대로 통과해 버렸다.

—소용없단다 아이야. 지금 나는 네 몸속에 있단다.

이건 그냥 환영에 불과해.

"내, 내 몸속에 있다고?"

—그래. 지금 나는 너와 한 몸이란다.

"당신…… 대체 누구야?"

—내 이름은 아라디아. 마녀들의 신이란다. 네 강한 소원을 듣고 그 소원을 이뤄 주기 위해 이렇듯 강림한 거란다.

"소원? 소원이라고?! 내 소원은 죽는 거였어! 이렇게 뱀파이어로 되살아나는 게 아니라!"

—하하하! 깜찍하구나. 아니. 아니. 아니. 네 소원은 그런 게 아니란다.

"……!"

주선은 계속해서 뻗어 가던 주먹을 멈췄다. 아라디아의 모습은 진강과 인수, 정진과 소연의 모습으로 차례로 변해 가더니 이내 다시 그녀의 모습으로 돌아왔다.

—네 소원은 이 쓸모없는 자들에게 스스로를 증명하고 싶다는 거였지.

주선의 모습을 한 아라디아의 얼굴에 미소가 떠올랐다.

"아까 그 말들…… 당신이었군."

―후후. 그래. 뱀파이어가 되었으면서도 고작해야 몇 마디 말에 도망치더구나.

"이……!"

조금 전 그 말들이 떠올랐는지 주선은 아라디아를 향해 주먹을 날렸다. 하지만 그 주먹은 그대로 아라디아의 몸을 통과했고 아라디아는 다시 인수의 모습으로 변했다. 주선은 그대로 굳어 버렸다.

―이런 남자에게 네 가치를 증명하려고 죽을 필요는 없단다. 앞으로 내가 너의 힘이 되어 주마. 더 이상 그 누구도 너를 무시할 수 없을 거다.

"……."

그녀는 뻗었던 팔을 내렸다. 그리고 그 모습에 아라디아는 다시 주선의 모습으로 돌아왔다.

"정말…… 내게 힘이 되어 주겠다는 거야?"

―물론이란다. 하지만 너는 그 대가로 나의 대리자가 되어야 된다. 아라디아의 첫 번째 신관으로서 내 이름이 온 지상에 퍼지도록 도와야 하느니라.

"그렇게만 하면 내게 힘을 준다는 거야?"

―물론이다. 나의 이름이 퍼질수록 너의 힘은 더욱 강해질 테고 내 모든 힘은 너를 위한 것이 될 것이다.

"……."

그녀는 잠시 생각하더니 고개를 끄덕였다.

"좋아."

그리고 그 말과 동시에 주선의 몸이 보랏빛에 감싸져 갔다.

*　　*　　*

"……?"

계정은 얼마 떨어지지 않은 곳에서 느껴지는 이질적인 낯선 기운에 몸을 일으켰다.

"저기 좀 전에……?!"

"그래. 느꼈어."

계정은 현관 쪽으로 걸어가 문을 열었다.

"이봐. 어쩔 생각이야?"

"뭔지는 모르겠지만 일단 확인은 해 봐야지."

계정은 곧바로 달려 나갔다. 워커들이 넘쳐 나고 있었지만 그의 앞을 막아서지는 못했다.

그의 진로 앞에 있던 워커들은 그대로 쓰러져 일어나지 못했고 그것은 거의 도시 하나를 다 지나칠 때까지

이어졌다. 그리고 계정은 마침내 그 이질적인 기운을 느꼈던 지점에 도달했다.

"……."

그는 고개를 두리번거렸다. 분명 이 근처라는 확신은 있었지만 보이는 거라곤 워커들밖에 없었다. 그리고 그의 시선이 한 건물에 닿았다.

"위쪽이군."

그는 그대로 몸을 날렸다. 계정의 몸은 건물의 벽면을 수직으로 오르기 시작했다. 20층이나 되는 고층 빌딩임에도 불구하고 그가 옥상에 도착하는데 걸린 시간은 채 10초도 되지 않았다.

"호오……."

그리고 마침내 옥상에 도착했을 때 계정은 보랏빛으로 빛나는 밝은 구를 찾아냈다.

"이건가? 그 이질적인 기운의 정체는?"

계정은 조심스럽게 구체를 향해 다가갔다.

"그런데 이건 뭐지? 흐릿하긴 하지만 동족의 냄새가……."

그의 눈동자가 붉게 변해 갔다.

"보이지 않는군. 대체 정체가 뭐냐?"

그의 손에 붉은빛의 기운이 일렁거렸다. 구체의 안을 볼 수는 없다면 직접 끄집어낼 생각이었다. 그런데 갑자기 그의 머릿속에 목소리가 울렸다.

—기다리거라. 아이야.

매혹적이고 우아한 여성의 목소리. 계정은 일단 들었던 손을 내렸다.

"이것의 정체는 당신인가?"

—그렇단다. 그리고 내 대리자지.

"대리자?"

—그렇단다. 위대한 신, 아라디아의 대리자이지.

"아라디아? 설마 그 마녀들의 신이라는 아라디아는 아니겠지?"

—오! 나를 알고 있더냐? 기쁘구나. 밤의 아이야.

"그러니까. 아라디아 본인이라고?"

—물론.

계정의 표정은 미묘했다. 그 또한 아라디아의 이름을 들어 본 적이 있었다. 어둠 속에서 그녀의 이름을 연호하던 여인들의 모습을 그는 본 적이 있었다. 다만 곧바로 그 목에 이빨을 꽂았었지만 말이다.

—너를 기다렸단다. 밤의 아이야.

"나를? 어째서지?"

그 순간 보랏빛이 점점 옅어지더니 안에서 주선이 걸어 나왔다.

"당신은……?!"

계정은 주선의 등장에 당황했다.

"당신이 대체 여기 왜? 거기다……."

계정은 그녀가 뱀파이어가 되어 있음을 알아차렸다.

"대체 이게 무슨……?!"

그런데 갑자기 주선이 계정을 향해 손을 뻗었다.

"……!"

계정은 자신을 향하는 그 불길한 기운에 급히 몸을 날렸다. 그리고 그 순간 그가 서 있던 곳에 보랏빛 불길이 치솟아 올랐다.

"이게 무슨!"

계정의 손이 붉은빛으로 물들었다. 그는 당장 주선의 목을 꿰뚫어 버릴 듯한 기세였다. 하지만 주선은 그런 계정의 살기를 마주하면서도 태연하기만 했다.

"질문 따위 허락한 적 없어."

"허락?"

계정은 뭔가 확연히 달라진 주선의 태도가 황당했다.

바로 어제까지만 해도 그녀는 자신의 암시에 걸리는 평범한 인간이었다. 그녀의 눈동자에는 불안과 두려움만이 가득했었다. 하지만 지금 눈앞에 있는 그녀의 눈에는 불안이나 두려움은 더 이상 없었다.

"감히 나를 조종했던 건 괘씸하지만 앞으로 내 말을 따른다면 용서해 주도록 하지."

"무슨 헛소리를!"

계정의 눈동자에 살기가 묻어 나왔다. 어제는 인류 재건 계획을 생각해 살려 두었지만, 지금의 그녀는 뱀파이어였다.

"뱀파이어 사회에서 로드에 대한 불복종은 중죄. 그 목숨으로 갚아라!"

계정은 그대로 몸을 날렸다.

—잠깐.

계정의 손톱이 주선의 목을 꿰뚫으려는 순간, 보랏빛 기운이 그녀의 몸을 감쌌다.

"……!"

계정의 손톱은 그 보랏빛에 막혀 더 이상 나아가지 않았다.

—기다려 보거라 밤의 아이야. 나와 내 대리자의 말을

따른다면 우리 또한 너에게 힘을 빌려 주겠다.

"힘을 빌려 주겠다?"

"그래. 위대한 아라디아 여신의 축복이 함께하게 되는 것이다."

"훗!"

계정은 코웃음을 쳤다.

"아라디아라는 그 이름은 잘 알고 있다. 마녀로 몰린 불쌍한 여인들이 헛된 희망 속에서 부르짖었던 이름이지."

계정의 손을 휘감은 붉은빛이 짙어지는 듯하더니, 그 손톱을 막고 있던 보랏빛 기운이 일렁였다.

"……!"

—피해라!

주선은 급히 몸을 날렸고 곧바로 보랏빛 기운이 흩어지더니 계정의 손톱이 주선이 서 있었던 허공을 꿰뚫었다.

"크윽!"

주선은 바닥을 굴렀다. 그리고 계정은 어느새 그녀가 서 있던 그 자리에 서서는 그런 그녀를 내려다보며 웃고 있었다.

"고작 그런 신 따위의 힘을 필요로 할 만큼 뱀파이어 로드의 힘은 약하지 않다."

"이……!"

주선은 다시 손을 뻗으려 했지만 그럴 수 없었다. 그녀의 목에는 어느새 계정의 손톱이 닿아 있었다.

"어떻게 동족이 되었는지는 모르겠지만 잘 가도록 하시지요."

—인류 재건 계획을 앞당기고 싶지 않나?

주선의 목을 파고들려던 계정의 손톱이 멈췄다.

"앞당긴다?"

—그래. 내 힘만 있다면 어디에 생존자들이 있는지 정확히 알 수 있다.

"호오?"

계정은 손톱을 거뒀다.

"계속 말해 봐."

—사람들을 모으려고 해도 무식하게 여기저기 뛰어다니는 것만으로는 효율성이 없지. 거기다 아무리 암시를 건다고는 해도 뱀파이어라는 이름에 사람들은 거부감을 느낄 수밖에 없지. 하지만 내 힘이라면…….

주선의 손짓에 허공에 보랏빛 꽃들이 피어났다.

"호오!"

―나 또한 명색이 신의 이름을 지닌 자. 인간의 마음을 다독이는 것은 일도 아니다.

계정은 아무 말 없이 주선을 내려다보았다. 그리고 잠시 후 그의 입가에 미소가 떠올랐다.

* * *

다음 날 늦은 점심을 먹은 사람들은 인수의 통솔에 버스에 올라탔다. 원래는 진강과 소연, 그리고 몸이 좋지 않다는 정진을 제외한 모든 사람이 수색에 나서기로 했지만 너무 많은 수는 연료 문제도 있고 또 위험할 수 있다는 인수에 말에 인수와 운전자인 성은 그리고 인수가 뽑은 4명만이 수색에 나섰다.

하지만 뭔가 이상했다. 원래라면 인수의 주도 아래에 몇 시간가량 계획을 짜야 했지만, 어째선지 그들은 곧바로 출발했다.

"그럼 먼저 휴게소에 들르도록 하죠."

인수의 말을 따라 버스는 휴게소로 향했다.

휴게소 안에는 워커들이 돌아다니고 있었지만 사람들

의 표정에서 걱정은 보이지 않았다.

“자, 내려서 물과 음식을 챙기도록 하죠.”

“잠깐만요. 여기에 생존자가 있을 것 같지는 않습니다만?”

가장 먼저 뱀파이어에게 합류했었던 사내가 물었다. 인수는 잠시 멈칫하더니 이내 입을 열었다.

“기회가 있을 때 챙겨야지요. 생존자들이 어떤 상태인지도 모르니 나중에 들르려 했다가는 결국 기회를 놓칠 겁니다.”

“그, 그럼 빨리 챙기도록 하죠.”

현숙의 말에 사람들은 버스 밖으로 나갔다. 그리고는 물과 음식을 나르기 시작했다. 워커들은 그들에게서 도망쳤고 가까이 다가오지 않았다.

하지만 음식과 물이 아무리 많이 버스에 쌓여 가도 인수의 표정은 어째선지 어둡기만 했다. 그렇게 꽤 시간이 흐른 뒤 인수는 다시 입을 열었다.

“이제 가도록 하죠.”

“하지만 아직 음식들이 많이 남았습니다.”

“해가 지기 전에 돌아가야 하니 이제는 생존자 수색에 나서야 합니다.”

사람들은 다시 버스에 올라탔다. 그리고 인수의 말대로 성은은 도심 쪽으로 버스를 몰아갔다. 그리고 버스는 도심으로 들어갔다. 버스는 더 이상 갈 수 없을 때까지 달렸고 그들은 도시 외곽 안쪽까지 들어올 수 있었다.

"자, 그럼 수색을 시작하도록 하죠."

"여기서 말입니까? 어떻게요?"

"모두 흩어져서 생존자들을 찾는 겁니다. 그리고 찾았든 못 찾았든 1시간 후에 여기서 만나는 겁니다."

"모두 흩어져서요? 여길 다요?!"

"뭐가 걱정이십니까. 어차피 워커들 따위 오지 않을 텐데요. 거기다……."

인수는 목소리를 작게 낮춰서는 사람들에게 속삭이듯 말했다.

"누가 압니까? 생존자 대신 다른 뱀파이어를 찾게 될지."

"……!"

그 한마디에 사람들의 눈빛이 변했다. 그들은 그제야 묘한 미소를 지어 보이더니 알겠다는 고개를 끄덕였다.

성은은 갑작스런 인수의 말에 당황해서는 운전석에서 나와 뭐라고 말하려 했지만 인수는 급히 고개를 돌려서는 검지를 그 자신의 입술에 가져다 댔다.

성은은 그 자리에 멈춰 섰고 사람들은 곧 버스에서 내려서는 뭔가를 찾아 사방으로 흩어져 갔다. 하지만 확실한 건 생존자를 찾기 위해서만은 아니었다. 그리고 사람들의 모습이 멀어졌을 때 성은이 입을 열었다.

"인수 씨 방금 전은 대체 무슨 말입니까? 뱀파이어라니요! 거기다 진강 씨께서 아무리 이 지역은 안전하다고 말했다지만 저렇게 따로……."

"거짓말입니다."

인수의 그 말에 성은은 그대로 굳어 버렸다.

"예, 예?"

"안전하지 않다고요."

성은은 그가 무슨 말을 하는지 이해하지 못했다. 그는 그저 멍한 얼굴로 인수를 바라보았다.

"진강 씨께서 이 지역을 안전하다고 말하셨단 거 거짓말입니다. 지금 이곳은 언제 어디서 어떤 게 튀어나와도 이상하지 않지요."

"대, 대체 왜 그런 거짓말을?! 진강 씨께 확인을 받았다고 해서 여기까지 운전해 온 겁니다! 거기다 뱀파이어라니요?!"

인수는 흥분한 성은을 진정시켰다.

"진정하십시오. 진정하고 우선 일단 문부터 닫으시죠."

성은은 여전히 이해할 수 없었지만 우선 인수가 시키는 대로 문을 닫았다. 그래야지만 제대로 된 설명을 들을 수 있을 거란 걸 알고 있었다.

"자, 그러면 이제 돌아가도록 합시다."

"네?!"

"돌아가면 된다는 말입니다."

"무, 무슨……?! 그럼 다른 사람들은……?!"

"저들은 이곳에서 죽은 겁니다. 그러니 돌아가도록 합시다."

"이게 대체 이게 무슨 일입니까!"

성은은 고함을 내질렀다.

"무슨 일인지 말해 주지 않는다면 어디도 안 갈 겁니다!"

"……."

인수는 어쩔 수 없다는 듯 고개를 떨어뜨렸다.

"어쩔 수 없군요. 하지만 우선 말해 둘 건 이게 최선이라는 겁니다."

인수는 천천히 입을 열었다. 그는 우선 진강에 대해 이야기했다.

나알라호텝이나 신들에 대한 것은 빼고 단지 진강의 안에 뭔가 있고, 진강의 의지가 그것이 풀려나는 것을 막고 있다고 말했다. 그리고 진강의 그런 의지를 강화시키고 있는 게 생존자인 자신들에 대한 의무감이라고 말이다.

그 두려운 그림자를 이미 보았던 성은이었기에 별 무리 없이 고개를 끄덕였다.

"그런데 지금 사람들의 마음은 진강 씨에게서 떠났습니다. 말했듯 진강 씨를 지탱하고 있는 건 우리가 아니라 우리에 대한 진강 씨의 마음입니다. 그런데 그런 이들이 진강 씨에게서 등을 돌린다면 어떻게 될까요? 진강 씨의 마음 또한 우리에게서 멀어질 테고 그렇게 되면 걷잡을 수 없습니다. 아까 보셨지요? 그들은 이미 등을 돌렸습니다. 그러니……."

"그러니 뭐요?! 등을 돌리기 전에 죽여야 한다고요?!"

인수의 표정이 순간 굳었지만, 그는 말을 계속했다.

"그렇습니다. 저들이 지금 여기서 죽는다면 진강 씨가

우리에게 느끼는 의무감은 오히려 더 커질 겁니다. 그리고 그렇게 되면 다른 이들도 그에게서 등을 돌리는 게 얼마나 어리석은지 깨닫게 되겠지요. 이것이 최선입니다."

"최선, 최선이라고요? 사람들을 죽이는 게 최선이라고요?!"

"물론입니다! 불가능한 최선을 제외한 가능한 차선이야말로 진정한 최선이지요!"

목청을 높이고는 있었지만 그것은 마치 자신을 향한 변명처럼 들렸다.

"하지만 당신도 이미 말했었지 않습니까? 진강 씨의 힘 앞에서는 아무 의미 없다고! 그들이 할 수 있는 일이 뭐가 있었겠습니까?! 이렇게 죽일 필요까지는……!"

"아침에 보지 않았습니까? 왜 그들이 생존자 수색에 모두 따라나서려 했는지 조금 전에 보고서도 모르겠다는 겁니까? 그들은 도망치려 한 겁니다! 지금은 돌아간다고 해도 그들은 언제고 다시 실행하겠죠. 지금 우리는 어떤 식으로도 진강 씨의 의지를 꺾을 만한 행동을 해서는 안 됩니다!"

그들은 서로를 바라보았다. 그들의 숨은 이미 거칠어

져 있었다.

"대체 왜 이렇게까지 하시는 겁니까?"

성은의 물음에 인수는 아무 말없이 그를 바라보았다. 지금까지 옅게 흔들리고 있던 인수의 눈동자는 이내 진정되어 갔다.

"괴로운 세상 속에는 그 괴로움을 강요할 그 어떤 이유도 존재하지 않는다. 라고 하셨었지요?"

성은은 천천히 고개를 끄덕였다. 그것은 그들이 모임에 가입한 이들에게 보냈던 편지의 머리말이었다.

"저는 세상이 문제라고 생각하지 않습니다. 정확히 따지자면 그 세상을 살아가는 인간들이 문제지요. 단순히 선악으로 나눌 수 없는, 누가 옳고 그른지 정할 수 없는 수많은 모순들. 그리고 그 모순들로 인해 이루어진 누구의 책임이라 말할 수 없는 비극들. 그것은 인간이 애초부터 불완전하고 어리석은 존재이기 때문입니다. 그래서 죽으려 한 겁니다. 내게는 해결 방법도 없었고, 나 또한 그런 인간에 불과했으니까요."

성은은 자기도 모르게 숨을 참았다. 인수의 눈동자에 차오르고 있는 것은 신념이었다. 그것이 옳고 그른지는 알 수 없었지만 그의 신념에 어느새 성은은 압도당하고 있었다.

“그런데 이렇게 세상이 멸망했습니다. 죽고자 했던 나는 살아남았고 세계와 함께 불완전한 인간들 대부분은 죽어 버렸지요. 그리고 지금 우리 가까이에는 진강 씨께서 계시고요.”

“……?!”

성은은 잘 이해하지 못했다. 그리고 그것을 인수는 알아차렸다.

“잘 생각해 보십시오. 인간이 애초부터 쓸모없다면? 그들이 아무리 노력해도 내놓을 수 있는 답은 불완전한 것밖에 없다면? 과연 인간에게 희망이 있을까요?”

성은은 반사적으로 고개를 가로저었다. 그것은 그의 생각이 아니라, 인수의 말없는 강요였다.

“그렇습니다. 인간에게 희망은 없습니다. 무엇이 옳고 그른지 확실히 알지 못하기에 서로의 주장만을 내세울 뿐이죠. 그렇기에 그들이 만드는 질서는 불완전하고 그들 스스로에 의해 언제나 깨지죠. 그것은 선악의 문제가 아닙니다. 근본적인 문제지요. 그렇다면 어떻게 하면 될까요? 인간이 모조리 해탈이라도 하면 되는 걸까요? 도를 깨우치거나 숭고한 성인의 반열에 오르면 될까요?

예. 그러면 될 겁니다. 하지만 불가능하죠. 그럼 또 어떤 방법이 있을까요?"

성은은 또다시 고개를 저었다. 숨을 쉬지 않고 있었다는 걸 깨닫고 다시 의식적으로 숨을 쉬기 시작하기는 했지만 그는 여전히 인수에게 압도되어 있었다.

"누군가 옳고 그름을 정해 주면 되는 겁니다. 예를 들어…… 신이 직접 말이죠."

"하, 하지만 신이란……."

"예. 신은 내려오지 않지요. 하지만 우리 인간에게 있어서 신이란 과연 무엇일까요? 자애롭고 지혜로운 자? 아니요. 오랜 역사와 많은 문화 속에서 신이라 함은 그 누구도 감히 대적하지 못하는 자, 절대적인 힘을 지닌 자였습니다."

성은은 그제야 정신을 차렸다. 인수가 하려는 말이 무엇인지 알아차렸다.

"하지만 그것은 독재입니다!"

"예, 맞습니다! 하지만 인간의 것과는 다르지요. 인간은 아무리 많은 돈과 권력을 가지고 있다 한들 그 개인의 힘에는 한계가 있습니다. 그렇기에 수많은 제왕들이 독살당하고, 암살당하고 반란으로 무너졌던 거지요. 하지만 홀로 세상 전체와 맞설 수 있다면, 그리고 이긴다면! 절대적인 힘! 그것이야말로 불완전한 인간이 유일하게 따를 수 있고 따를 수밖에 없는 진리가 될 수 있지 않겠습니까? 저는 세상이 끝났다는 그 말과 진강 씨의 그 힘을 보았을 때 생각했습니다. 그가 바로 내가 생각해 왔던 구원 그 자체라고. 그리고 지금 그것은 명확해져 있지요."

"하지만 진강 씨께서는 그러실 마음이 없습니다!"

"물론이죠. 하지만 그가 바로 우리에게 남은 최선입니다. 그렇기에 저는 그 최선을 지키기 위해 무슨 일이라도 할 겁니다."

"……."

성은은 자신이 어떻게 해야 할지 혼란스러웠다. 지금 인수가 하고 있는 말은 모두 진심이었다. 그것에 동조하든 안 하든 너무나 강렬했다.

그리고 적어도 지금 밖에 있는 사람들에 대한 그의 생각은 틀리지 않았을 것이다. 어쩌면 저들을 놔두고 가는 것이 모두를 위해 도움이 되는 것인지도 몰랐다. 하지만 그렇다해도 이대로 돌아간다면, 그것은 살인이었다.

"……."

성은은 한참 동안이나 가만히 있었다. 인수 또한 굳이 재촉하지 않았다. 성은의 눈동자는 그의 마음을 대변하듯 심하게 흔들렸다. 그러나 시간이 지날수록 차츰 그 흔들림은 멎어 갔고 이내 그는 버스의 시동을 걸었다.

4

생존을 위해서

버스에서 내린 사람들은 저마다 걸음을 옮겼다. 하지만 그들에게 생존자나 혹은 뱀파이어들을 찾는 특별한 능력이 있는 건 아니었다.

인수의 말에 따라 흩어지기는 했지만 그들은 마치 산책을 나온 것처럼 도로를 걷다가 흥미로운 가게들이 보이면 그곳에 들어갔다 나올 뿐이었다. 거리에는 수많은 워커들이 있었지만 워커들은 마치 보이지 않는 벽이라도 있는 듯 그들에게서 거리를 유지했다.

누구 한 명이라고 할 것도 없이 그들은 적어도 한 번

은 장난을 치듯 워커들을 향해 돌진했다가 멈춰 섰다. 그들에게 두려움은 없어 보였다.

"추악한 것들! 썩 꺼져 버려!"

현숙은 깨진 유리창 조각을 들어 올려 워커들에게 던졌다. 대부분 그냥 워커의 몸에 부딪혀 떨어지는 정도였지만 현숙은 그걸 즐기는 것 같아 보였다.

그녀는 온갖 듣기 어려운 욕을 입에 담으며 계속해서 뭔가를 던졌다. 깨진 유리 조각, 가게 안 마네킹 팔, 휴대용 의자. 하지만 그녀의 얼굴에 떠오르는 감정들은 분노 같은 게 아니었다. 그녀는 즐거워하고 있었다. 오랜 학대의 피해자였기 때문인지 가해자가 된 지금 그녀는 필요 이상으로 흥분해 있었다.

그녀는 더 이상 던질 게 없어질 때까지, 혹은 더 이상 내뱉을 욕이 없어질 때까지 계속하고서야 물건을 던지는 걸 그만두었다.

"하, 하……하."

그녀는 지쳤지만 만족스럽게 웃더니 이제는 아예 가게 안으로 들어와 여기저기에 진열된 옷들을 살펴보기 시작했다.

확실히 지금 그녀가 입고 있는 옷은 언뜻 봐도 10년

은 족히 넘은 것 같은 디자인에 색깔마저 바래 있었다.

자식을 키우느라 자신에게 시간을 투자할 시간이 없었다고 할 수 있었지만 정확히 말하자면 그녀의 남편 때문이었다.

아이러니하게도 그녀는 세상이 끝나고 나서야 마음 편히 쇼핑을 즐길 수 있게 된 거였다.

"요즘 옷들은 어쩜 이렇게 예쁜지."

그녀는 이 옷 저 옷을 집어 들어 몸에 대 보며 즐거워했다.

그녀는 꽤나 오랫동안 옷가게에서 시간을 보냈다.

돈은 이제 아무런 의미도 없었지만, 들고 갈 수 있는 양에 한계가 있다는 점이 그녀를 망설이게 만드는 모양이었다.

그녀는 결국 파란색 원피스로 갈아입고는 가게를 나섰다.

"아! 저기도 있네?"

그녀는 이제 아예 진짜 쇼핑을 나온 것처럼 반대편 도로에 있는 가방 가게로 향했다.

반짝!

"……?"

그런데 그녀의 눈에 갑자기 유리창들에 빛이 반짝이는 게 보였다. 처음에 그녀는 자신이 잘못 보았거나, 단순히 햇빛이 반사된 거라 대수롭지 않게 여겼다. 하지만

반짝! 반짝!

그것은 잘못 보았거나 자연적으로 햇빛이 반사된 것 따위가 아니었다. 그것은 마치 어릴 적 하던 거울 장난처럼 누군가 의도적으로 빛을 반사시키고 있었다.

"……!"

현숙은 고개를 두리번거려 빛이 오는 방향을 찾아보았다. 건물들이 빽빽하게 들어서 있고 워커들도 이리저리 움직이고 있는 터라 찾는 것은 쉽지 않았다.

거기다 그녀는 한참이나 두리번거리고 나서야 빛이 오는 방향을 알아차릴 수 있었다. 빛은 저 멀리 대로가에 서 있는 건물 안에서 나오고 있었다.

현숙은 몸을 돌려 그쪽으로 걸어갔다. 대로가에는 더 많은 워커들이 서 있었지만 현숙에게 그런 건 문제가 되지 않았다.

반짝!

또다시 빛이 반짝였다. 이번에는 세 번이었다. 그것이 무엇이든 절대 자연스러운 건 아니었다.

"저기요? 거기 누구 있어요?!"

현숙은 팔을 흔들며 소리를 높였다.

거리가 거리인지라 들리는지는 알 수 없었지만 적어도 보이긴 할 터였다. 그러자 마치 대답을 하듯 또다시 빛이 반짝였다.

"……!"

현숙은 그쪽으로 달려갔다. 생존자가 있었다. 그리고 도움을 요청하고 있었다.

"그워워……!"

워커들은 빠르게 다가오는 현숙을 보며 도망쳤다. 누군가 보았다면 정말 즐거워했을 거였다. 늙고 힘없는 중년 여성을 피해 도망치는 수백의 괴물들이라니. 그것은 보통 코미디든 블랙코미디든 분명 써먹을 수 있는 주제였다.

"……하아, 하아."

하지만 현숙은 건물에 도착하기도 전에 멈춰 설 수밖에 없었다.

거리는 여전히 멀었고 그녀는 마라톤에 참가하기에는 너무 연약했다.

그녀는 숨을 몰아쉬며 천천히 걸음을 옮겼다.

높이 솟은 건물들. 이곳은 번화가였고 사람들은 매일 이곳을 오가며 돈을 뿌려댔다. 그리고 여전히 당장이라도 누군가 걸어 나올 것처럼 도로는 자동차로 차 있었다.

하지만 지금 이곳에 있는 것은 워커들과 죽음밖에 없었다. 저 멀리 버스에는 워커들이 갇혀서는 나올 구멍을 찾아 고함을 지르고 있었다.

그녀는 건물에 다다랐다. 그녀는 문 손잡이를 잡았다. 빛은 3층에서 나오고 있었다.

그녀는 손잡이를 당겼다. 문은 잠겨 있지 않았다. 그녀는 안으로 들어갔고 계단을 올랐다. 계단 쪽에 나와 있던 워커들은 서둘러 위쪽으로 도망쳤다. 그녀는 3층에 도착했고 문을 열려고 했다. 하지만

철컥!

문은 잠겨 있었다.

쾅쾅!

그녀는 문을 두드렸다.

"여보세요? 거기 누구 있어요?"

그러자 잠시 후 안쪽에서 목소리가 들려왔다.

"누, 누구세요?"

어린아이의 목소리였다. 그녀는 부드러운 목소리로 다독였다.

"얘야? 두려워하지 마렴. 도와주러 왔단다. 너 혼자 있니?"

"아, 아뇨. 아저씨랑 같이 있어요."

"그래? 아저씨는 어디에 있니?"

"안에서 주무시고 계세요."

"얘야. 우선 이 문을 여는 게 어떠니?"

현숙은 차분하게 말했다.

"하지만 아저씨는 문을 열면 좀비들이 들어올 거라고 했어요."

"그건 걱정하지 마렴. 좀비들은 못 들어올 거란다."

"하, 하지만……."

"걱정하지 말고 문을 열렴. 좀비들은 아줌마 근처로는 못 온단다. 아까 창문으로 신호를 보내면서 봤지? 좀비들이 아줌마 근처로 못 오는 거."

그리고 잠시 후 천천히 문이 열렸다.

"저, 정말이에요?"

조심스럽게 얼굴을 내민 것은 열 살 정도 되어 보이는 어린아이였다.

"자, 보렴."

현숙은 한 발자국 물러서 주변을 보여 주었다. 당연히 주변에는 워커 따위는 보이지 않았다.

"안녕?"

"아, 안녕하세요."

"들어가도 될까?"

"드, 들어오세요."

현숙은 천천히 안으로 들어갔다.

"네가 신호를 보낸 거니?"

"네, 네."

"잘했단다. 똑똑하구나."

"그, 근데 어떻게 아줌마는 괜찮은 거예요?"

"아, 그건……."

현숙은 품 안에서 유리병을 꺼내 보여 주었다.

"이것만 있다면 괴물들은 가까이 오지 못한단다."

"오……."

아이는 한참 동안이나 유리병을 바라보았다.

"마, 만져 봐도 되요?"

"물론이란다."

현숙은 아무렇지도 않게 유리병을 건네줬다. 아이는

유리병을 이리저리 만져 보더니 뚜껑을 살짝 열어 보았다.

"얘, 얘야?"

현숙은 깜짝 놀랐지만 다행히 아이는 내용물을 쏟아 버린다거나 하는 짓은 하지 않았다.

"아, 조금만 만져 보려고요."

아이는 유리병 안으로 손가락을 집어넣어 가루를 만졌다.

"으음……."

아이는 한참을 만지작거리더니 이내 손을 빼고는 뚜껑을 닫았다.

"자요."

아이는 현숙에게 유리병을 돌려주었다.

현숙은 유리병을 집어넣었다.

"그런데 아저씨는 어디에 있니?"

"아, 바로 저쪽에 있어요."

아이는 현숙을 데리고 구석 쪽 사무실로 걸음을 옮겼다.

* * *

"……?"

"이, 이건……?!"

1시간여 후. 다시 원래 있던 곳으로 모인 사람들은 사라진 버스의 존재에 당황했다.

"부, 분명히 여기가 맞지 않습니까?"

"화, 확실히 장소는 그대로인 것 같은데……."

"아직 돌아오지 않은 거 아닐까요?"

설마 자신들을 버리고 돌아갔을 거라고는 꿈에도 생각하지 못하는 사람들이었다.

"맞아요. 버스를 타고 수색하고 있는 거 아닐까요?"

"……하긴 그럴 수도 있겠네요. 아직 현숙 아주머니도 안 돌아오셨고 이리저리 우리 세 명은 돌아왔다지만 시계도 없는 게 현실. 사실은 아직 1시간이 지나지 않았는지도 모르지요."

"하지만 시간이라면 분명히……."

사내의 손가락이 가리킨 곳은 한 패스트푸드점이었다. 그리고 그 벽면에는 확실히 시계가 걸려 있었다.

"뭐 우리가 헤어진 시간이 확실치 않으니까요."

슬슬 불안한 예감이 들긴 했지만 그들은 일단 기다리

기로 했다. 그런데 저 멀리에서 현숙이 걸어오는 게 보였다.

"아, 현숙 아주머니 오셨네요."

"어서 오세요 아주머니. 근데 버스가……."

하지만 현숙은 그런 이야기를 들을 마음은 없어 보였다.

"모두 이쪽으로 좀 와 보세요. 생존자들이 있어요."

"……!"

생존자라는 말에 사람들의 분위기가 바뀌었다.

"새, 생존자요?"

"어, 어디, 어디에 있습니까?!"

"저쪽 건물 3층에 있어요. 어린아이와 어른 한 명이 있는데 어른 쪽이 다쳐서 움직이지 못해요. 우리가 가서 도와줘야 해요."

현숙의 목소리에는 다급함이 묻어 있었다.

"하, 하지만 버스가……."

"제가 여기서 기다리고 있도록 하죠. 다른 분들은 아주머니와 같이 가셔서 그분을 도와드리세요."

주선의 편을 들어왔던 여성이 그렇게 남기로 하고 사람들은 현숙을 따라 생존자가 있는 건물로 걸음을 옮겼다.

"……?"

그런데 사람들은 뭔가 이상하다는 것을 알아차렸다. 워커들이 보이지 않았다.

가까이 다가오지는 않아도 지금까지는 분명 적정 거리를 유지하고 따라왔었는데 어째선지 지금 그들 주변에는 한 마리의 워커도 보이지 않았다.

단지 유리병의 효과라고 하기에는 뭔가 이상했다.

"음? 왜 그러시죠?"

현숙의 물음에 사내는 고개를 가로저었다.

"아니, 아닙니다."

꼭 워커들이 주변에 있어야 되는 이유는 없다. 아니 애초에 그것들이 있을 필요가 어디 있단 말인가. 그들은 그렇게 생각하며 다시 걸음을 옮겼다.

"쿠오!"

조금 더 걸음을 옮겼을 때 저 멀리 버스 안에 갇혀 있는 워커들이 울부짖었다. 하지만 그것은 먹이를 향한 그런 게 아니었다. 워커들은 분노에 차 있었다.

"……?"

하지만 사람들에게는 그것을 눈치챌 만한 여유도 능력

도 없었다.

“여긴가요?”

“예.”

그들은 건물 입구에 도착했다.

“근데 상처는 어떻습니까? 심각한 건 아니겠지요?”

“생명이 위험할 만큼 심각한 것 같지는 않았습니다. 하지만 다리가 부러진 것 같았어요.”

“그럼 들것부터 구해야겠군요.”

사내의 그 말에 현숙이 멈칫했다.

“우선 아이부터 다독인 뒤에요.”

그녀는 어색하게 그렇게 덧붙이더니 재촉하듯 발걸음을 옮겼다. 두 사람은 그녀의 태도에 의아해했지만 어린 아이가 있어서 그렇겠지 하며 넘겼다.

사람들은 3층으로 올라갔다.

“얘야? 괜찮아! 사람들을 데려왔단다!”

그녀는 아이를 안심시키듯 문밖에서 그렇게 외쳤다.

“아이가 몇 살쯤 되나요?”

“열 살쯤 되어 보이더군요.”

“충격이 컸겠어요. 갑자기 이런 세상이 되다니.”

“맞아요.”

현숙이 문을 열었고 두 사람은 안으로 들어갔다.

"얘야?"

하지만 답은 없었다.

"얘야?"

"저 안쪽에 아저씨랑 같이 숨어 있나 봐요."

현숙은 구석 사무실 문을 가리켰다.

"하긴 많이 무서웠겠죠."

두 사람은 현숙이 가리킨 사무실 쪽으로 걸음을 옮겼다.

"얘야?"

"괜찮아. 무서워할 것 없단다."

"우린 도와주러 온 거야."

그들은 각각 자신들이 낼 수 있는 최대한 친절하고 상냥한 목소리로 그렇게 말했다.

"……."

하지만 기다려도 대답은 없었다.

"정말 여기 있는 거 확실한가요?"

"예. 그렇지 않으면 어디에 있겠어요?"

현숙의 그 말에 그들은 서로를 바라보았다. 현숙이 거짓말을 할 리는 없었지만 인기척이라고는 느껴지지 않았다.

"하지만……."

"아마 잠들었나 봐요. 아까 제 품에서 한참이나 울었거든요."

두 사내는 문고리를 잡았다.

"얘야? 거기 있니? 선생님? 거기 계십니까?"

그들은 문을 열려고 했다. 하지만 문은 잘 열리지 않았다. 자세히 확인하니 문틈이 모조리 테이프로 막혀 있었다. 마치 밀봉이라도 하듯 말이다.

"이건 대체?!"

그들은 온 힘을 다해 문을 잡아당겼다. 테이프들 중 몇 개가 끊어지며 틈이 벌어졌다.

"윽……!"

"대체 이 냄새는……?!"

그리고 그 순간 참기 어려운 악취가 그들의 코를 찔렀다. 그들은 문을 당기는 팔에 더 힘을 주었다. 그리고 마침내 모든 테이프가 떨어지며 문이 열렸다. 훨씬 더 심한 악취가 방 안을 가득 채웠다.

"얘야!"

"선생님! 거기 계십니까?!"

그들은 급히 안을 바라보았다. 하지만 거기에는 아이도, 어른도 없었다.

거기 있는 것은 몇 구의 시체들과 그 시체에서 흘러나와 바닥에 고여 있는 진액들, 그리고 목이 뜯겨져서는 죽어 있는 현숙이었다.

"……!"

"대체?!"

그들은 급히 몸을 돌렸다. 현숙, 아니, 현숙의 모습을 한 그것은 그들을 향해 웃고 있었다.

"그래. 정말 멋진 표정이야."

마치 나무를 긁는 듯한 기분 나쁜 목소리가 방 안을 가득 채웠다.

"그 표정을 보고 싶어서 이 수고를 마다하지 않는 거지. 도저히 그만둘 수가 없다니까."

점점 그들에게 다가오는 그것의 몸에서는 피부가 하나 둘 떨어져 내리고 있었다. 그리고 그 떨어진 피부 안에서 모습을 드러낸 것은 나무토막 같은 갈색 피부에 족제비와 쥐, 그리고 못생긴 고양이를 섞어 놓은 듯한 얼굴을 한 괴물이었다.

"이, 이……!"

"오! 그래도 남자라고 비명은 질러 주지 않겠다는 거야?"

바닥을 긁는 듯한 저 기분 나쁜 소리가 웃음소리라면, 괴물은 즐거운 듯 웃으면서 그들에게 다가왔다.

"어떻게 된 일인지는 모르겠지만 갑자기 죄다 좀비로 변해 버리고, 이제 기껏해야 저 걸어 다니는 시체놈들 고기들밖에 못 먹나 걱정했었는데 고작 거울 몇 번 움직인 걸로 이렇게 제 발로 찾아와 줄 줄이야."

"괴물 놈!"

사내들은 품에서 유리병을 꺼내 들었다. 그리고는 뚜껑을 열어서는 그대로 뿌렸다.

"이거나 먹어라!"

가루는 허공에 흩날렸고 상당량이 괴물의 몸에 묻었다. 하지만

"아, 이거? 나도 저 좀비 놈들이 무서워해서 걱정하긴 했었는데, 아까 살짝 시험해 보니 나한테는 아무 영향도 없더라고."

괴물은 가볍게 손으로 얼굴에 묻은 가루를 털어내더니 한쪽 손을 들어 보였다.

괴물의 가늘고 기다란 손가락 끝에는 현숙의 것으로 보이는 피 묻은 유리병이 들려 있었다.

"어쨌든 잘됐다니까. 안 그래도 좀비 놈들이 몰려드는 숫자가 늘어나서 숨었던 거거든. 근데 이 선물 덕분에 걱정을 덜었어. 아까는 꽤 흥분해서는 나도 모르게 이걸 들고 주변에 있는 좀비놈들을 모조리 다 쫓아 버렸다니까."

"……."

"……."

지금 서로를 마주보는 두 사람의 얼굴에는 절망이 묻어 나오고 있었다. 그들은 들어왔던 문쪽을 계속해서 힐끔거렸지만 너무 안쪽으로 들어오다 보니 저기까지 가는 게 영 여의치 않았다.

"왜? 도망칠 수 있을 거 같아? 꿈 깨. 난 저런 좀비가 판을 치기 훨씬 전부터 여기서 사냥을 해 왔어. 대체 지금까지 몇 명이나 이 방에 들어왔을 거 같아? 그들 중 단 한 명도 도망치지 못했다고."

그리고 괴물이 그 말을 마친 순간, 괴물과의 거리가 일순 좁혀지는 듯하더니 피할 새도 없이 괴물의 손톱이 오른쪽에 서 있던 사내의 목을 꿰뚫었다.

"아…… 아……!"

그리고 사내가 고통스런 신음을 흘리려는 순간, 괴물

의 다른 쪽 손톱이 그의 머리를 꿰뚫었다. 사내는 그대로 즉사했다.

"……!"

남은 사내는 그 즉시 문 쪽으로 몸을 날렸다. 슬퍼하거나 놀라고 있을 시간은 없었다.

다행히 괴물의 발소리는 들리지 않았다. 그는 어느새 들어왔던 문 바로 앞에 서 있었고 문은 아직 열려 있었다. 그는 그대로 몸으로 밀고 나가려 했다. 그런데

푸욱!

뭔가 아주 기분 나쁜 소리와 함께 몸의 균형이 무너졌다.

"……?"

사내는 무슨 일인지 알 수 없었다. 갑자기 사방이 돌더니 그의 눈은 바닥을 보고 있었다. 그리고 어서 몸을 일으켜야겠다는 그게 그가 한 마지막 생각이었다.

"말했잖아. 도망치는데 성공한 사람은 없다고."

괴물은 사내의 몸에서 손톱을 뽑아냈다. 그리고는 그 앞에 쪼그려 앉아 천천히 입을 벌렸다. 입안에는 톱날 같은 이빨들이 무수히 나 있었다.

"오늘은 며칠 만에 맛보는 사치스런 만찬이군. 근데

저기 아직 남아 있는 여자는 어떻게 할까? 예쁜 건 아니지만 확실히 어려 보이던데……."

괴물은 사내의 목 부분을 한입 베어 물었다. 그리고는 질겅질겅 씹으며 음흉하게 중얼거렸다.

"나머지 인간들이 있는 위치도 물어야 되고 이 정도면 한 일주일은 포식할 테니……. 후후후. 며칠 살려 두고 재미나 볼까?"

괴물은 목 부분을 한 입 더 뜯어먹더니 몸을 일으켰다. 그리고 그가 몸을 움직이자 그의 나무껍질 같은 갈색 피부 위에 새 피부가 나기 시작했다.

단지 사람의 피부만이 아니었다. 그것은 입고 있는 옷마저 완벽하게 재현해 가고 있었다.

그리고 잠시 뒤 그곳에는 지금 목을 뜯어 먹힌 채 바닥에 쓰러져 있는 그 사내와 완전히 똑같이 생긴 사내가 서 있었다.

"아아. 아아. 아아."

그리고 괴물의 목소리 또한 점점 변해 가더니 마침내 사내와 완전히 똑같은 목소리로 변했다.

그는 주변을 한 번 쓱 둘러보더니 고민하듯 턱을 괴었다.

"한 번 더 경악하는 표정을 보고 싶긴 한데……."

하지만 곧 고개를 저었다.

"시간을 너무 지체할 수는 없으니까. 이번에는 참아야겠지. 대신……."

그는 사내들의 시체를 둘 다 문 쪽으로 끌어왔다. 그리고는 문을 열었을 때 바로 눈에 보이는 자리에 포개어 놓았다.

"자, 그럼 가 볼까."

그는 비릿한 미소를 지으며 사내가 결코 나가지 못했던 문밖으로 걸음을 옮겼다.

"크오오……."

건물 바깥에는 어느새 워커들이 다시 모여 있었다. 하지만 워커들은 그를 보고서는 놀라 도망치기 바빴다.

"후후후."

그는 즐거운 듯 웃더니 천천히 그 발걸음에 속도를 높였다.

그의 표정은 어느새 다급하게 변해 있었고 그 몸은 갑자기 흐른 땀으로 젖어 갔다. 그 모습은 누가 봐도 문제가 생겨 도움을 청하러 온 모습이었다.

"크, 큰일 났어요!"

저 멀리 그녀의 모습이 보이기 시작하자 그는 그렇게 소리쳤다. 그리고 그녀가 고개를 이쪽으로 돌리자 급히 숨을 헐떡이는 흉내를 시작했다.

"크, 큰일…… 큰일 났어요……."

그는 일부러 그녀가 있는 곳까지 가지 않고 그 앞에서 주저앉았다.

"무, 무슨 일이에요?! 다른 사람들은요?!"

그녀는 놀라 그에게로 다가왔다. 현숙으로 변했을 때와 마찬가지로 그녀의 눈에는 한 치에 의심도 없어 보였다.

"오, 옮기는 중에 계단에서 구르고 말았습니다."

"……!"

그녀의 눈동자가 걱정으로 물들었다.

"다, 다른 분들은 괜찮나요?"

"사람들이 크게 다쳤어요. 현숙 아주머니가 응급처치를 하고는 있는데 손이 모자라요. 버스는 아직 안 온 겁니까?"

"예, 예. 아직……."

"어쩔 수 없군요. 버스는 나중에 찾아보도록 하고 우선 가서 사람들을 도와줍시다."

"아, 알겠어요."

그녀는 아무 말 없이 그를 따라왔다. 괴물은 터져 나오는 미소를 꾹 참으며 힘든 기색을 연기했다. 그러자 그녀가 다가왔다.

"괘, 괜찮으세요?"

"아, 네. 달려왔더니 그냥 좀 숨이 차네요."

"제가 부축해 드릴게요."

그녀는 눈앞에 있는 사내가 다른 사람들을 죽인 괴물이라고는 꿈에도 생각 못하고 그 어깨를 빌려 주었다. 그리고 괴물은 다가온 그녀의 어깨를 잡았다.

"……."

그녀의 표정이 살짝 굳었다. 뭔가 아주 이상한 냄새가 코를 찔렀다.

"아, 죄송해요. 땀냄새가 많이 나죠?"

괴물은 태연하게 말했다.

"아, 아니에요. 저도 며칠 동안이나 샤워를 못했는걸요."

땀냄새라고 하기에는 너무 고약했지만 그녀는 다른 사람들이 위험하다는 생각에 깊이 생각하지 않았다.

"예. 계단을 내려오는 중에 넘어진 터라 심하게……?!"

그는 말을 끝마치지 못했다. 그의 몸은 갑자기 뒤로 날아가더니 뒤쪽에 서 있던 자동차 문을 반쯤 일그러뜨리고서야 멈춰 섰다.

"……?!"

그녀는 갑작스레 무슨 일이 일어났는지 알아차리지 못했다. 그녀는 자동차에 박혀 있는 사내를 그저 가만히 바라보고만 있다가 이내 천천히 고개를 돌렸다. 거기에는 아는 얼굴이 서 있었다.

"괜찮으십니까?"

거기에 서 있는 건 계정이었다.

"다, 당신……?!"

그녀는 두려움에 그대로 주저 앉으려 했다. 계정이 급히 그녀를 부축했지만, 그의 손이 닿자 그녀는 더 심하게 반항했다.

"놔, 놔줘요!"

"진정하십시오."

"진정하라고요? 당신 저 사람을 죽였어요!"

"저건 사람이 아니에요."

그녀는 자신의 귀를 의심했다. 그녀가 다시 고개를 돌리자 거기에서 주선이 서 있었다.

"주, 주선 씨?! 하지만 당신은……?"

주선은 빙그레 웃어 보이더니 뒤쪽을 가리켰다.

그녀가 고개를 돌리자 거기에는 자동차 문에 박혔던 사내가 자신의 피부를 잡아 뜯으며 일어서고 있었다.

"네놈들은 뭐야?!"

나무를 갉는 듯한 그 목소리는 신음 소리를 내고 있었다. 그리고 그런 괴물을 바라보며 계정은 비릿한 미소를 지었다.

"쉐이프시프터. 형태변환자라니 놀랍군. 이 나라에서는 한 번도 본 적이 없었는데."

"흥! 우리 가족은 지난 전쟁을 틈타 이곳으로 숨어들었지. 이제는 뭐 나밖에 남지 않았지만 말이야."

"저, 저게 뭐예요?!"

"형태변환자. 인간의 모습으로 변해 인간을 잡아먹는 것들이지요. 교활하고 탐욕스러우며 먹는 것 말고는 할 줄 모르는 것들입니다."

계정의 말에 주선이 덧붙였다.

"다른 사람들은 이미 저 녀석에게 먹혔어요. 그리고 지금은 당신을 데려가서 잡아먹으려고 한 거고요."

주선은 천천히 그녀를 지나쳐 형태변환자 앞에 섰다.

"열린 입이라고 멋대로 지껄여 대는구나."

괴물, 아니, 형태변환자는 이제 모든 피부를 뜯어내고 그 자신의 모습을 드러냈다.

"그럼 네놈들이라고 다른가? 엉? 하찮은 흡혈귀 놈들."

"하찮다라……."

계정은 부축하고 있던 그녀를 조심스럽게 다시 일으켰다. 그리고는 그의 몸이 순간 흐릿해졌다.

"컥!"

그리고 곧바로 들린 것은 형태변환자의 신음이었다.

"말조심하거라. 지난 오백 년의 세월 동안 내 손에는 네놈들 종족의 피도 묻었었다. 미학이라고는 없는 것들."

계정은 형태변환자의 복부에 주먹을 가져다 대고 있었다. 형태변환자는 고통스런 듯 그 모습 그대로 움직이지 못했고 곧바로 계정의 발이 그의 머리를 걷어찼다.

퍽!

형태변환자는 그대로 다시 날아가서는 건물 벽에 부딪혔다. 형태변환자의 입에서는 부러진 이빨들이 떨어졌고 녹색의 피가 흘러나오고 있었다.

"크윽. 대, 대체 어떻게……?!"

"뱀파이어 로드의 힘을 얕보지 마라. 네까짓 것들은 그저 약탈자에 불과하지만, 우리는 지배자다."

계정의 눈동자가 붉게 물들었다. 그는 손을 들어 올렸다. 그리고 그대로 그 목을 뜯어 버리려 했다. 그런데

"……!"

잠시의 방심이었다. 그 때문에 생긴 그 작은 틈을 놓치지 않고 형태변환자는 그대로 몸을 날렸다. 그는 이제 그녀와 주선을 향해 달리고 있었다.

"……."

하지만 그 모습을 보고도 계정은 움직이지 않았다. 그저 아쉽다는 듯 얼굴을 찌푸릴 뿐이었다.

"꺄악!"

그녀는 비명을 질렀다. 하지만 주선은 그런 그녀 앞으로 나서며 미소를 지었다.

"걱정하지 마요."

주선의 눈동자가 보랏빛으로 물들고 그녀의 어깨에서 아름다운 보랏빛 날개가 펼쳐졌다.

그리고는 매혹적인 여인의 목소리가 그녀의 입에서 흘

러나왔다.

—신의 권화 속에서 재가 되어라!

그 숭엄한 외침과 함께 그녀의 손에서 뿜어져 나온 보랏빛 불길이 형태변환자를 집어삼켰다.

귀를 막고 싶은 끔찍한 비명이 울려 퍼지고 형태변환자의 몸은 재로 변해 땅으로 쏟아졌다.

"어, 어떻게……?"

그녀는 눈앞에 펼쳐진 이 광경에 넋을 놓았다. 주선은 미소를 지어 보이며 손을 들어 그런 그녀의 뺨을 쓰다듬었다.

—걱정 마라, 아이야. 내 이름은 아라디아. 희망의 여신일지니. 지금부터 너의 신이 되어 주겠노라.

그녀는 넋을 잃은 채 고개를 끄덕였다.

"훗. 내 암시랑 뭐가 다르다는 건지."

그 모습을 바라보며 계정은 비웃듯 말했다.

—말조심하거라 아이야. 나는 정신 조작 따위는 하지 않으니.

"이, 이게 대체 어떻게 된 일인가요? 주선 씨는 분명 그때……!"

그녀의 물음에 주선의 눈동자나 목소리가 다시 원래대

로 돌아왔다.

"예. 하지만 아라디아 여신께서 이렇게 저를 살려 주셨어요. 이제 저는 그분의 대리자입니다."

"대, 대리자요?"

"예. 이제 걱정하지 마세요. 이제는 여신께서 우리를 도울 거예요."

"하, 하지만……."

그녀는 불안한 눈으로 계정을 바라보았다.

계정은 그녀의 시선에 사람 좋은 미소를 지어 보였지만, 그녀는 곧바로 시선을 돌릴 뿐이었다.

"두려워할 필요 없어요."

주선은 그런 그녀를 다독였다.

"저들은 우리에게 도움을 줄 거예요. 자, 그럼 가도록 하죠."

"어, 어딜요? 버, 버스가……."

주선은 고개를 저었다.

"아뇨. 그들은 오지 않아요. 그들은 당신들을 이곳에 버렸어요."

"버, 버려요?!"

"예. 하지만 우리는 당신을 버리지 않을 거예요."

그녀는 대체 무슨 일인지 알 수 없었다. 하지만 자신을 감싸 안는 포근한 보랏빛에 그대로 몸을 맡기며 눈을 감았다.

5

왕국

"……."

"……."

돌아오는 버스 안에는 침묵이 흘렀다.

성은은 아무 말 없이 운전에만 집중했고 인수 또한 죄책감 때문인지 입을 다물고 있었다.

다행히 버스가 고속도로로 나올 때까지 그들 앞에 위험한 생명체들은 나타나지 않았다.

워커들은 여전히 버스를 피하기 바빴고 그마저도 고속도로에는 몇 마리 보이지 않았다.

"처음 휴게소에서 음식을 나르게 한 거, 이미 계산해 놓고 있었던 거죠?"

거의 한 시간 만에 입을 연 성은의 물음에 인수는 고개를 끄덕였다.

"예. 그들의 마지막 봉사였죠."

무심함을 가장하고 있었지만 그 목소리 끝에 담겨 있는 감정을 성은은 느꼈다.

"그렇군요."

사람들이 줄게 되면 그만큼 노동력이 떨어지는 것은 당연한 일. 만일 돌아올 때 휴게소에 들렀다면 두 명이서 시간 내에 나를 수 있는 양은 한정되어 있었을 터였다.

인수는 마지막으로 그들에게 일을 시킨 거였다.

"……."

성은은 또다시 잠시 침묵하더니 이내 입을 열었다.

"저번에 시간 나면 운전을 가르쳐 드리겠다고 했던 말 기억하십니까?"

"예."

"잊으십시오."

그렇게 말하는 성은의 목소리는 단호했다.

"알겠습니다."

인수는 그 이상 아무 말도 하지 않았다. 지금 성은은 만일 자신이 이 대형버스를 운전을 할 수 있는 유일한 사람이 아니었다면 자신 또한 남겨졌을 수 있다고 생각하고 있었다. 그리고 그것은 꽤나 현실적인 추론이었다.

비밀이란 아는 사람이 적을수록 좋은 거니 말이다.

"도착하기 전에 말을 맞추는 게 좋겠지요?"

성은의 말에 인수는 고개를 끄덕였다.

안 그래도 언제 그럴까 타이밍을 보고 있던 그였다.

"도시 외곽에서 수색을 하고 있는데 그…… 가그. 가그가 또다시 나타났다고 하죠. 처음 공격에 한 명이 죽고 도망치는 도중 또 한 명이, 그리고 다른 한 명은 다른 방향으로 도망쳤다고요."

"나머지 한 명은요?"

"가그가 버스에 너무 가까워져서 버릴 수밖에 없었다고 합시다. 그 점이 현실적이니까요."

그렇게 말하는 인수의 표정은 죄책감 때문인지 어딘가 슬프고 괴로워 보였다. 그는 잠시 머뭇거리더니 이내 덧붙였다.

"그게 사실에 가장 가까운 거고 말이죠."

"흔히 진위를 판단하기 가장 어려울 때는 진실과 거짓이 섞여 있을 때라고 하죠. 그것도 계산에 따른 겁니까 아니면 양심 때문입니까?"

성은은 지금 자신의 그 말이 얼마나 인수의 마음에 상처를 입히는 말인지 잘 알고 있었다. 하지만 의식적으로 무시했다.

인수가 한 행동은 그만큼 너무나 잔인한 거였다.

"둘 다……라고 해 두죠."

인수는 더 이상 아무 말도 하지 않았다. 그리고 버스는 마을 입구에 도착했다.

"……."

그러나 성은도 인수도 쉽사리 자리에서 일어나지 못했다.

"가…… 봐야겠죠……?"

"……그렇지요."

서로를 향해 그렇게 말하기는 했지만 둘 중 누구도 먼저 일어서지는 않았다. 그리고 그렇게 또다시 몇 분. 성은이 다시 입을 열었다.

"이 이상 시간을 지체했다가는 괜한 의심을 부를 수도 있습니다."

"……."

인수는 말없이 몸을 일으켰다.

"어쩔 수 없죠."

인수는 고개를 흔들었다. 그의 얼굴과 표정에서 감정의 그림자는 천천히 사라져 갔다.

"자, 가시죠."

그리고 마침내 그들은 버스에서 나왔다.

"음식이나 물은 나중에 가져가도록 하죠."

"예. 지금은 전해야 할 다른 중요한 말이 있으니까요."

그들은 무거운 발걸음으로 사람들이 있는 건물로 향했다.

"예?!"

"그, 그럴 수가!"

돌아온 인수와 성은이 전한 소식에 건물에 남아 있던 사람들은 충격에 휩싸였다.

"그럼 다른 분들은 모두……."

"……예."

인수와 성은은 최대한 슬픈 표정으로 고개를 끄덕였다.

"안타깝지만 모두……."

하지만 굳이 슬픈 표정을 가장할 필요는 없었다. 그렇게 말하는 성은과 인수의 표정에는 조금 전 지웠었던 감정의 그림자가 다시 드리워져 있었다.

"서, 성은아. 너는 다친 데 없고?"

성진은 우선 자신의 동생을 챙겼다.

"……난 괜찮아 형."

성은은 그렇게 답하는 것조차 힘들어 보였다. 하지만 다른 사람들에게 그런 건 중요한 게 아니었다.

"하, 하지만 모두 가루를 들고 있었잖습니까!"

"그 괴물에게는 가루가 통하지 않습니다."

"그, 그런……!"

사람들은 나갔던 이들의 죽음보다 오히려 가루가 통하지 않는 괴물이 있다는 사실에 더 큰 충격을 받은 듯 보였다.

"그, 그런 괴물이 이쪽으로 오기라도 하면 큰일 아닙니까!"

"여긴 진강 씨께서 계시니 걱정하실 필요 없습니다."

"아아."

사람들은 진강의 이름에 여전히 두려운 기색을 보이긴

했지만 어딘가 안심하는 듯 보이기도 했다.

우선은 인수의 계획이 제대로 먹혔다고 할 수 있었다.

"그럼 전 진강 씨께 이 일을 전하고 오겠습니다."

"……."

거기다 사람들은 딱히 인수나 성은을 원망하지 않았다.

애초부터 친분이라고는 없는 자들. 비극이고, 안타깝기는 해도 진심으로 슬퍼 눈물 흘릴 이는 없었다.

덧붙여 지금 이곳에 있는 이들은 인수의 마지막 제안에 따라 남게 된 사람이 대부분. 그들은 지금 자신들이 따라나서지 않았다는 사실에 안도하는 것만으로도 바빴다.

"저, 저도……."

성은은 그런 방 분위기가 오히려 더 힘들었는지 나가고 있는 인수를 급히 따라나섰다.

"……."

"……."

강좌실 밖 복도에 나온 두 사람은 서로를 말없이 바라보았다. 무사히 넘기는데 성공은 했다지만 자기 자신까지 속이는 것은 불가능한 법이었다.

"진강 씨께는 제가 다녀오도록 하죠. 성은 씨께서는 내려가서 좀 쉬도록 하십시오."

"……."

성은은 말없이 아래로 향했다.

성은은 술을 즐기는 편이 아니었지만 지금은 캔 맥주라도 마시지 않으면 견디기 힘들어 보였다.

"……."

인수는 심호흡을 하고는 진강이 있는 5층으로 걸음을 옮겼다. 무슨 말을 해야 할지에 대해서는 이미 어제부터 생각해 두고 있었지만 마음이 놓이지는 않았다.

똑똑.

사무실 문을 두드릴 때 그의 심장 또한 그 소리만큼 크게 뛰고 있었다.

"들어오십시오."

진강의 목소리에 인수는 문을 열었다.

"다녀오셨습니까?"

진강은 소파가 아닌 바닥에 가부좌를 틀고 앉아 있었다.

"예."

인수는 진강의 눈동자를 보았다. 지나친 생각일 수도

있었지만 분명 뭔가 알고 있는 눈동자였다.

"돌아온 사람들의 수가 변한 것에 대해 설명해 주러 오셨나요?"

인수는 자기도 모르게 대답을 할 타이밍을 놓쳤다. 그렇게 말하는 진강의 태도가 심상치 않았다.

"죄송합니다. 사람들을 말리지 못한 제 잘못입니다."

"말리지 못했다……라고요?"

진강은 무덤덤하게 그렇게 되물었다.

"예."

진강은 말없이 한참 동안 그를 바라보았다. 그리고는 천천히 고개를 끄덕였다.

"알겠습니다. 그렇게 말씀하시고 싶다면 그렇게 듣겠습니다. 하지만 아무리 다른 사람들이 고집을 부렸다고 해도 당신 정도나 되는 사람이 그 정도 상황도 예상 못 했을 거라곤 생각되지 않는군요."

"……."

"진정, 하시고 싶은 말씀은 그뿐입니까?"

"……죄송합니다."

인수는 사실대로 털어놓았다. 어차피 이 계획은 진강에게 의무감을 더하는 것이 핵심. 진강이 어떤 식으로든 수상하다고 생각한 이상 반은 이미 실패한 거나 마찬가지였다.

"……역시 그랬군요."

말을 다 들은 진강은 생각 외로 무덤덤했다.

"아, 알고 계셨습니까?"

"당신이라면 그러지 않을까, 예상해 봤을 뿐입니다. 이미 사람들 마음속에는 어제의 일 때문에 불안이 쌓였고 그것은 어떤 식으로든 사람들 간에 균열을 일으키겠지요. 그러기 전에 문제가 될 만한 이들을 처리할 뿐만 아니라 위기감을 불러일으켜 흩어진 사람들의 마음을 모은다. 잔인하기는 하지만 확실히 꽤 효과적인 작전이니까요."

인수는 속으로 안도의 한숨을 내쉬었다. 그가 알아차린 것이 그 정도라면 상관없었다. 물론 그런 의도 또한 있었지만 만일 진강이 이 계획이 그의 의무감을 증가시키는 게 주 목적이었다는 점을 알아차렸다면 애초에 막으려 했던 것보다 더 큰 배신감으로 사람들에 대한 의무감을 놓아 버렸을지도 몰랐다.

"뭐 그래 봐야 어제 제게 말씀하실 때는 꿈에도 생각 못했지만 말입니다. 그런데 역시나 계획과 실천은 다른 모양이군요. 어제와는 달리 얼굴에 다 표가 나니 말입니다."

차마 그 이후에 계획을 변경한 거라고 인수는 말하지 못했다. 만약 말한다면 계획의 본 목적에까지 그 생각이 닿을지도 몰랐다.

"아, 아무래도 생각과 현실은 다르니까요."

"이미 어쩔 수 없는 일이니 이번 일에 대해서는 더 뭐라고 하지 않겠습니다. 하지만 이러실 필요는 없었단 걸 말씀드리고 싶군요."

인수는 고개를 끄덕여 보였다.

"그러면 가셔도 좋습니다."

"그럼, 내려가 보겠습니다."

인수가 그렇게 한숨을 돌리며 몸을 돌리려는데

"아!"

진강의 그 소리에 인수는 그 자리에 멈춰 섰다.

"오늘도 식사는 저 혼자 따로 해결하겠다고 전해 주시면 감사하겠습니다."

"아, 알겠습니다."

인수가 나간 뒤 그 발소리가 멀어졌을 때 진강은 가부좌를 튼 상태 그대로 눈을 감았다. 그리고 그의 입에서 다시 그 음산한 목소리가 흘러나왔다.

"훈구루이 무구루우나후 크툴후 르 리에 우가후나구루 후타군. 훈구루이……."

해가 지고 어둠이 내려앉았다. 사람들은 저녁 식사를 하며 이런저런 대화를 하고 있었다. 하지만 그것은 단지 불안함을 감추기 위한 노력에 불과했다.

"……."

"……."

인수와 성은은 때때로 눈이 마주칠 때마다 최대한 자연스럽게 그 눈을 피했다.

"아직 물이 나오던가요?"

인수의 물음에 사람들이 고개를 끄덕였다.

"예. 아직 나오더군요. 아까 도저히 못 참아서 다들 세수 정도는 했었습니다."

정진의 말에 인수는 뭔가 생각을 하듯 턱을 괴었다.

"수도가 아직 살아 있는 거 아닐까요?"

"누구의 관리도 없는 상태라면 수도가 과연 언제까지 살아 있을 수 있을까요?"

인수의 물음에 사람들은 고개를 갸웃거렸다. 애초에

그에 대한 정보를 알고 있는 사람은 이 중에 없었다.

"……?"

"애초에 수도 시스템은 단순히 물을 보내는 것이 다가 아닙니다. 물을 정화시키는 게 주 업무죠. 물론 기계화가 대부분이겠지만 수작업이 없을 리도 없고, 솔직히 저도 잘 모르지만 설사 지금 수도가 살아 있는 거라고 해도 거기서 나오는 물이 안전하다는 보장은 없을 것 같습니다."

"하지만 씻는 것 정도는 괜찮지 않겠습니까?"

인수는 대답을 하지 않았다. 그로서도 잘 모르는 부분이었다.

수돗물 생산 과정이 6단계를 거치는지는 알아도 그 단계들마다 정확히 어떤 시스템으로 어떤 식으로 처리되는지는 알지 못한다.

"뭐 아직 수도가 살아 있는 건지 물탱크가 있는지도 모르니까요."

현재 그들은 의식주가 완벽하게 해결되는 곳에 있다. 또한 지리적 여건과 진강의 존재로 인해 외부에 위험에 대해서도 비교적 안전하다.

지금 그들에게 부족한 것은 기타 부수적인 것들을 제

외하고는 오직 생활용수뿐이었다. 생활용수만 해결된다면 그들은 그전 생활을 그럭저럭 누릴 수 있는 거였다.

"수도보단 원전이 문제예요."

갑자기 꺼낸 지우의 말에 사람들은 고개를 돌렸다.

"원전이요?"

"……!"

몇몇 사람들은 무슨 말인지 알아차리지 못했지만 인수와 소연을 포함한 사람들은 그것이 무슨 말인지 알아차렸다.

"화, 확실히 그렇군요."

"원전에 관련된 건 까맣게 잊고 있었어요."

만일 전기가 끊기고 원자력 발전소에 냉각 시스템이 멈추기라도 한다면 그때는 그야말로 재앙이었다. 그것에 대처할 방법도, 사람도 없다는 점에서 일본 원전이나 체르노빌 사태보다 훨씬 더 심각할 건 당연했다.

"전 세계에 원자력 발전소가 몇 개나 있는지 모르지만, 그중 1/5만 손상된다고 해도……."

지우는 끝이라는 말을 하려다가, 이미 세상이 끝나 있다는 점을 기억해 내고 입을 다물었다.

하지만 세상이나 지구가 지금 어떻게 되어 있든 현재

살아 있는 그 자신들에게 막대한 피해를 줄 거란 건 당연한 사실이었다.

"어쩌면 이미 몇 개는 손상되었거나 녹아내렸는지도 모르겠군요. 이제 4G나 LTE 같은 건 커녕 티비나 신문조차 없으니까요."

분위기를 띄우려던 것인지 나름 장난스럽게 말했지만, 웃는 이는 없었다.

분명 인간의 문명은 하늘 위의 별들이 그 빛을 잃게 만들 정도로 발전했었다. 하지만 지금에 와서 보면 그 실체란 결국 환상에 불과했다.

수많은 사람들이 교육이라는 이름으로 20년 가까이 되는 시간을 보내고 또 그 때문에 죽기까지 했지만 그것은 결국 커다란 집단 속에서만 존재할 뿐이었다.

집단이 무너진 곳에서 그것의 대부분은 아무 의미도 없었다.

수천만 킬로와트가 넘는 전력을 사용하고 수십만 톤의 물을 쓰고 살았지만, 정작 전기와 수도 시스템을 정확히 알고 있는 이들은 손에 꼽았다. 그저 단지 시험지에 짧게 적을 수 있을 만큼의 짧은 지식 그리고 이미 완전히 갖춰진 도구를 사용하는 방법들뿐, 정작 그것들이 무너졌을 때 어떻게 해야 되는지 아는 이는 손에 꼽혔다.

"우선은 생활용수에 대한 일만 생각합니다. 원전이나 다른 문제까지 생각하는 건 아무 의미도 없으니까요."

인수의 그 말에 사람들은 고개를 끄덕였다.

맞는 말이었다. 지금 당장 원자력발전소가 터질 위험에 있다 한들 그들에게 무슨 힘이 있고 능력이 있겠는가.

하지만 사람들은 쉽사리 머릿속에서 그것들을 지우지 못했다.

"……."

그들은 식사를 계속했다.

상당수의 빵과 가공식품들의 유통기한이 채 일주일도 안 남다 보니 메뉴는 일정했다. 물론 유통기한이 며칠 지났다고 해서 못 먹는 것은 아니었지만, 그들은 그것들부터 먹어 치우는데 이견이 없었다.

"그런데 내일은 어떻게 하실 건가요?"

"……?"

소연의 물음에 인수는 고개를 갸웃거렸다.

"내일도 생존자를 찾으러 나가실 건가요?"

소연의 그 말에 사람들의 손이 멈췄다.

"음……."

인수는 주변을 둘러보았다. 사람들 눈을 보아 한동안은 건물에서 나가는 것조차 안 할 모양이었다.

"오늘 일도 있고 아마 한동안은 힘들 것 같네요."

인수의 그 말에 안도하는 다른 이들과는 달리 소연은 안타까운 표정을 지어 보였다.

"예. 그렇겠네요."

"생존자 수색은 어느 정도 시간이 지난 뒤에 진강 씨와 함께 나가도록 하죠."

인수의 그 말에 소연은 고개를 끄덕였다. 하지만 그것이 기약 없는 약속임을 모르는 사람은 없었다.

실제로 애초에 생존자 수색이란 것 자체가 인수가 스스로의 계획을 위해 만든 단순한 명분에 불과했으니 말이다.

"꼭 찾고 싶은 분이라도 계셨습니까?"

"아뇨. 그런 건 아니에요. 다만……."

"다만?"

"만약 우리 말고 살아 있는 사람들이 있다면 도와드려야 한다고 생각해요."

마치 책에서 나온 듯한 모범적인 답. 하지만 인수의 얼굴에는 의심이 묻어 있었다.

"그렇군요."

하지만 굳이 깊이 묻지는 않았다.

"그래도 내일 아무 일도 않는 건 좀 그러니 내일이야말로 이 건물의 수도 시스템이 어떤지 확인하도록……."

쿵!

"……?"

말을 하던 인수는 갑작스런 진동에 잠시 말을 멈췄다.

"조금 전에 분명……."

쿵!

착각이 아니었다. 분명 묵직한 진동이 반복되고 있었다.

"……!"

"이, 이건 무슨……?!"

그들은 서둘러 창문 쪽으로 걸음을 옮겼다.

"저, 저건!"

그리고 사람들은 경악했다. 거기에 있는 것은 나무들을 쓰러뜨리며 걸어오는 거대한 거인이었다.

"어, 어서 진강씨를……!"

사람들은 급히 진강을 불러오려 했다. 하지만 그럴 필요가 없었다.

"걱정 마십시오. 이미 와 있습니다."

진강은 어느새 문을 열고 들어오고 있었다.

"지, 진강 씨 저건 대체?!"

"이타콰입니다."

"이타콰?"

"바람을 타고 걷는 자. 캐나다와 미국 북부 인디언들 사이에서 두려움의 대상이 되던 산의 악령. 웬디고의 일종입니다. 웬디고보다는 훨씬 머리가 나쁘지만 말이죠."

"웨, 웬디고라면 설인 아닙니까?"

"착각하는 분이 많지만 설인은 히말라야의 예티나 빅풋을 이야기하는 거고 본래 웬디고는 조난자를 홀려 그 몸을 빼앗는 악한 영혼입니다."

그 말대로였다. 이후 미국인들의 빅풋 목격담과 원주민 문화에 대한 미국인들의 부족한 이해, 그리고 미스터리에 대한 미국인들의 흥미와 그 흥미를 충족시키려는 비급 영화들로 인해 웬디고의 이름은 설인과 동일시되었지만 실제 웬디고라 함은 실체를 지닌 존재라기 보단 악한 정령, 영혼이었다.

"하, 하지만 아메리카 대륙에 있다는 그 웬디고가 왜 여기에……?!"

"거, 거기다 저건 지금 확실히 실체를 지니고 있지 않습니까?!"

쿵!

또다시 이타콰는 한 걸음 발을 옮겼다.

"글쎄요. 세상이 이렇게 된 이상 그런 건 크게 의미 없어진 거겠죠."

쿵!

이타콰는 정확히 이쪽으로 향하고 있었다.

한눈에 보기에도 지금 그들이 있는 5층 건물과 맞먹을 만큼 거대한 몸체, 붉은 보랏빛으로 빛나고 있는 두 눈과 들짐승을 떠올리게 만드는 흉포한 얼굴. 그것을 바라보고 있는 사람들은 저도 모르게 그 공포에 압도되었다.

"어, 어떻게 하면 좋겠습니까?!"

"괘, 괜찮은 거겠지요?"

"……."

진강은 잠시 아무런 말도 하지 않았다.

"지, 진강 씨?"

그리고 그런 그의 행동이 사람들의 불안을 증폭시켰다.

"걱정 마십시오."

마지못해 그렇게 말한 진강이긴 했지만 그의 표정은 그리 좋지 않았다.

"모두들 여기서 가만히 기다리도록 하십시오."

진강은 그렇게 말하고는 강좌실에서 나와 옥상으로 향했다.

"……."

인수는 순간 따라나설까 생각했지만 이내 그만두기로 했다. 그만큼 진강의 표정이 심상치 않았다.

"이타쾨인가……."

옥상 문을 열고 나오자 이타쾨가 다가오는 것이 보였다.

진강은 이타쾨가 오는 방향 난간으로 걸음을 옮겼다. 진강의 표정은 딱딱하게 굳어 있었다.

"후우……."

진강은 깊이 숨을 들이마시더니 눈을 감았다. 그리고 이내 그의 몸에서 스멀스멀 검은 연기가 피어오르기 시작했다.

"후우."

진강이 다시 긴 숨을 내쉬자 검은 연기들 사이에서 다

시 그 기괴한 검은 팔이 나타났다. 그 기괴한 팔은 이내 쭉 늘어나더니 이타콰에 이마에 닿았다.

—내 이름은 기어드는 혼돈. 얼굴 없는 신 나알라호텝일지니. 이국의 정령이여, 어찌 이곳까지 그 몸을 움직였더냐?

진강의 의식은 그 팔을 타고 이타콰의 머릿속에 그대로 울려 퍼졌다.

"……."

이타콰는 걸음을 멈추더니 자신의 이마에 와 닿은 그 기괴한 팔과 그 기괴한 팔이 뻗어 나온 진강을 바라보았다.

—대답하라, 이타콰여. 내 이름은 기어드는 혼돈. 다섯 왕들 중 하나이자 위대한 절대암흑신 아자토스의 유일한 사자일지니!

진강은 다시 의식을 보내 말했지만 이타콰는 대답을 하지 않았다.

—말하라! 아니면 설마 네놈의 지적 수준은 내 말을 이해하지 못할 정도란 말이더냐!

위엄을 담아 다시 그렇게 외치자 그제야 이타콰는 그 입을 열었다.

“…….”

이타콰에 입에서 들려오는 말들은 인간이 알아들 수 없는 기괴한 울림이었다.

강좌실에 모여 있는 이들은 그것이 이타콰의 울부짖음이라고 생각했다. 그들의 시선에서 이타콰의 이마에 닿은 기괴한 팔은 마치 종이의 옆면처럼 너무나 가늘어 잘 보이지 않았다.

“…….”

하지만 진강은 이타콰의 그 말을 알아듣고 있었다.

그것은 신들의 언어 중 하나였다. 하지만 애초에 이타콰는 보통의 웬디고들과는 달리 지적 수준이 그리 높지 않았기에 말을 한다고는 해도 문법도 맞지 않고 횡설수설이 대부분이었다.

이타콰가 하는 말들을 인간의 언어로 바꾸자면 이랬다.

[나는 보냈다. 그가. 전하라. 강하다. 무섭다. 두렵다. 기어드는 차. 혼돈. 찾아라.]

—누가 너를 보냈더냐? 위대한 이 땅의 신들이더냐? 아니면 내려선 자들이더냐?

[왔다. 그는. 강하다. 무섭다. 산. 추방. 전하라. 기어

드는 자.]

그렇게 말하는 이타콰의 두 눈은 두려운 듯 흔들리고 있었다.

—말하라. 너를 보낸 자를. 내 이름은 기어드는 혼돈. 내게 전하라!

[로이. 로이고르. 로이고르.]

"……!"

로이고르라는 말에 진강의 표정이 변했다.

진강은 그 이름을 잘 알고 있었다.

로이고르.

별들 사이를 건너는 바람. 그 자신과 같은 다섯 왕들 중 하나였다.

"하지만 분명 로이고르는 무리하게 이 세계로 내려왔다가 슨 고원에서 신의 사자인 오리온의 전사에게 그 정신과 육체를 소멸당했을 텐데!"

[말했다. 말했다. 부활. 재회. 기어드는 자.]

"부활?! 하지만 아무리 로이고르라 한들 육체와 정신 모두가 소멸당한 이상 가능할 리가……!"

—아, 아니 그보다 로이고르가 그대를 보낸 이유는 무엇인가! 내가 있는 곳은 어떻게 알았단 말인가?

진강은 급히 이타콰를 추궁했지만 제대로 된 답이 돌아올 리 없었다.

[말했다. 가라. 말해라. 전해라.]

—무엇을 말이더냐! 무엇을 전하라 하더냐!

[협조. 백색. 노덴스. 선물. 성의.]

"……?"

진강은 이번만은 무슨 말인지 잘 이해하지 못했다.

—노덴스라니 노덴스가 무슨 관계인가? 대체 무슨……?

그런데 갑자기 이타콰가 자신의 이마에 닿아 있는 그 기괴한 손을 쳐냈다.

"크오오오!"

그리고 마치 산을 뒤엎을 듯 거대한 울부짖음이 사방에 울려 퍼졌다. 강좌실에 있던 사람들은 그 소리에 귀를 막기 바빴고 초목은 두려운 듯 흔들렸다.

그뿐만이 아니었다. 갑자기 주변 기온이 내려가는 듯하더니 살을 에는 차가운 바람과 함께 허공에 새하얀 서리가 흩날리기 시작했다.

쿵!

또다시 땅을 흔드는 진동과 함께 이타콰는 한 발자국

다가왔다.

"웬디고의 또 다른 이름은 눈보라의 신. 머리는 나쁘다고 해도 그 속성은 그대로 이어받았다는 건가?"

진강은 더 이상의 대화는 불가능하다 생각하고 이타콰를 향해 손을 뻗었다.

"이국의 정령이 자신의 토지에서 쫓겨나 이 먼 한국까지 올 수 있었다면 분명 그만큼의 힘을 받아 왔다는 의미. 로이고르가 준 힘. 어느 정도인지는 모르겠지만 한번 견식해 보도록 하지."

여유롭게 그렇게 말하긴 했지만 진강의 이마에는 땀이 맺혀 있었다.

확실히 나알라호텝에 비한다면 산의 악령인 이타콰 따위는 너무도 미약하고 하찮은 존재였다.

그리고 그것은 힘을 받은 지금이라고 해서 다를 바는 없었다.

하지만 이미 한 번 의식을 빼앗겼던 진강으로서는 나알라호텝의 힘을 끌어내는 건 부담스러울 수밖에 없었다.

"후우……."

진강은 다시 깊게 숨을 들이마셨다. 그리고 워커들에

게 하던 것처럼 천천히 주먹을 쥐었다.

"우, 우워에에에……!"

이타콰는 마치 뭔가에 잡힌 듯 그 자리에 멈춰 섰고 그 입에서는 고통스런 신음 소리가 흘러나왔다. 하지만

"크, 크윽!"

워커 때와는 달리 진강의 표정 또한 괴로워 보였다.

거기다 그의 손 또한 어째선지 주먹을 반쯤 쥔 채 더 이상 움직이지 않았다.

"우웨에에!"

"……!"

그 울부짖음과 함께 이타콰는 자신의 몸을 감싸고 있는 뭔가를 떨쳐내 버렸다. 그리고 그와 동시에 진강의 손도 힘없이 펴졌다.

쿵!

멈췄던 이타콰는 다시 그 발걸음을 떼기 시작했고 허공에 날리는 서리의 양과 함께 바람은 더 거세졌다.

"이, 이런……!"

진강은 다시 손을 뻗어 보았지만 소용없었다. 이타콰는 잠시 멈칫하는 듯하더니 다시 걸음을 옮겨 왔다.

"워커와는 다르단 건가?"

진강은 다시 숨을 들이마셨다.

이미 이타콰는 논과 밭, 그리고 작은 집들을 무너뜨리며 눈앞까지 와 있었다. 이제 고작 세 발자국. 그 세 발자국만 옮긴다면 이타콰의 손은 건물에 닿을 터였다.

"어쩔 수 없군."

진강의 눈동자가 검게 물들며 그에게서 흘러나오는 검은 연기도 늘어났다.

"오른손, 오른쪽 손만이다. 오른쪽 손만이야……."

그리고 그 검은 연기는 이내 진강의 오른쪽 손을 휘감았다. 진강의 오른쪽 손을 휘감은 검은 연기는 점점 더 크고 짙어져 가더니 이내 마치 칼날처럼 날카로운 3개의 손가락을 가진 검은 팔로 변했다.

쿵!

이타콰는 다시 한 걸음 다가왔다.

진강의 팔이 변하긴 했지만, 확실히 크기적인 면에서 차이가 컸기 때문에 이타콰는 두려워하는 기색은 보이지 않았다.

"어, 어떻게든 된 것 같군."

그에 반해 진강은 괴로워 보였다. 그는 커져 버린 팔을 왼손으로 부여잡은 채 거친 숨을 내쉬고 있었다.

"무, 무리하게 주술력을 끌어오는 것보다는 그 힘을 육체에만 집중시키는 게 의식을 지키는데 더 쉽다고 생각했지만…… 이건 이거대로 몸에 무리가 가는 것도 사실이군."

하지만 진강의 입가에는 곧 미소가 그려졌다.

"하지만 어떻게든 성공했다. 그러니……"

쿵!

이제 한 발자국, 한 발자국이면 이타콰의 손은 건물에 닿을 터. 그러나 그럴 일 따위는 없었다.

"잘 가거라. 어리석은 산의 정령이여!"

진강이 그 오른손을 이타콰를 향해 뻗자 이타콰의 몸은 그대로 그 자리에 멈춰 섰다. 아니, 단지 그것만이 아니었다. 이타콰의 몸은 마치 강력한 악력으로 쥐어짜지듯 수축하기 시작했다.

"우, 우웩! 우웨엑!"

이타콰는 괴로운듯 비명을 질러대며 몸부림을 쳤지만 아무 의미도 없었다.

이타콰의 팔과 다리가 기묘한 형태로 꺾이고 접혀지더니 이내 그의 등과 허리가 접혀져 갔다.

"노덴스의 이름이 어째서 나왔는지, 로이고르가 무슨

생각인지 조금 더 듣고 싶었지만 어쩔 수 없는 일이겠지."

마침내 이타콰의 몸은 허공에 떠오른 채 둥근 공처럼 변해 버렸다.

이미 이타콰의 힘을 대변하는 바람과 서리는 완전히 멎어 있었다.

진강은 다시 오른손을 뻗었다. 아무래도 이 이상은 위험했기에 이미 그의 오른손은 다시 검은 연기로 돌아가고 있었지만 마지막 일격을 가하기는 충분했다.

"자, 그럼 완전히……?!"

그런데 진강의 눈에 뭔가가 보였다. 이타콰의 몸 안에서 뭔가 반짝거리고 있었다.

"……."

아직 연기로 변하기 않은 첫 번째 손가락이 빠르게 늘어났다. 그것은 마치 날카로운 칼날처럼 이타카의 배를 꿰뚫었고 반짝거리는 뭔가에 가 닿았다.

"……!"

그리고 진강이 늘어났던 손가락을 다시 되돌렸을 때 그 손가락에는 마치 눈처럼 새하얀 반지가 끼워져 있었다.

"이건……."

진강은 반지를 바라보았다. 그에게 이미 이타콰 같은 건 안중에도 없었다. 실제로 이타콰의 몸은 진강이 반지를 빼낸 그 순간부터 흐릿해지기 시작하더니 허공에 녹아 사라져 가고 있었다.

"……하, 하하하하!"

한참 동안 반지를 바라보고 있던 진강은 갑자기 웃어댔다. 그의 오른손은 어느새 완전히 원래대로 돌아와 있었고 반지는 그의 검지에 껴져 있었다.

"하하하……."

한참을 웃어댄 진강의 얼굴에 어딘가 허탈한 미소가 떠올랐다.

"그래. 그랬던 거군. 어떻게 부활했는지는 몰라도 악취미는 확실히 여전한 것 같구나 로이고르여."

진강은 계단 쪽으로 몸을 돌렸다. 처음 이타콰에게 손을 뻗었을 때까지만 해도 피곤한 기색이 역력했었지만 지금은 그런 기색 따위는 보이지 않았다. 아니, 지금 진강은 오히려 그전보다 훨씬 혈색이 좋아져 있었다.

6

선물과 장난

"오오!"

이타쾨가 소멸해 가는 모습을 보며 사람들은 환호했다.

처음 이타쾨가 그 귀를 찢을 듯한 포효와 함께 다시 걸음을 옮겼을 때는 끝이라고 생각했었던 그들이지만 이내 진강이 보여 준 힘은 가히 상상 이상의 것이었다.

옥상에 있던 진강이 어떻게 이타쾨를 처리했는지 직접 본이는 없었지만 저 거대한 이타쾨가 마치 장난감처럼 짓뭉개지는 모습은 그야말로 놀라움 그 자체였다.

"……."

이미 그 거대한 그림자를 직접 봤었고, 또한 진강의 힘에 대해 잘 아는 인수조차도 말을 잊고 있었다.

"정말…… 대단하군요."

"저 큰 거인이 저렇게……!"

"……."

인수는 주변을 둘러보았다. 사람들의 목소리에는 분명 여전히 두려움이 담겨 있었지만 그 두려움은 조금 전이나 낮과는 다른 두려움이었다. 그것은 공포가 아니었다. 그것은 절대자에 대한 두려움, 외경이었다.

두려워서 따르는 것이 아니라 두려워하면서도 따를 수밖에 없는, 지금 사람들에게 진강의 존재는 그렇게 인식되어 가고 있었다.

"후후."

인수는 자기도 모르게 웃었다. 그야말로 그 자신이 생각했던 이상적인 상황이었다. 사람들은 이타콰가 완전히 사라진 이후에도 창밖에서 눈을 떼지 못했다.

그리고 잠시 후 진강이 들어왔다. 그는 조금도 피곤하거나 힘들어 보이지 않았다. 그는 오히려 나가기 전보다 훨씬 혈색이 좋아져 있었다.

"수, 수고하셨습니다."

"예. 감사합니다."

거기다 지금 진강의 얼굴에는 만족스런 미소가 한가득 걸려 있었다.

"다치신 곳은……?"

"저는 괜찮습니다."

그런데 인수의 눈에 진강이 끼고 있는 반지가 들어왔다.

"진강 씨. 그 반지는 무엇인가요?"

"아, 이거요?"

인수의 물음에 진강의 미소가 더욱 짙어졌다. 그는 인수에게 다가가서는 그에게만 들릴 작은 목소리로 답했다.

"저 이타콰와 옛 친구 녀석의 힘의 결정입니다."

"힘의 결정이요?"

"예. 옛 친구가 이렇게 친절하게 가공해 주었더군요. 뭐 배달은 녀석답게 악취미였지만 말이죠."

"옛 친구요?"

도저히 이해하기 힘든 말들이었지만 인수는 크게 신경 쓰지 않기로 했다. 어쨌든 결과적으로는 잘된 일이었다.

"그보다……."

그런데 갑자기 진강이 목소리를 높였다.

"이제 생활용수 걱정은 안 하셔도 됩니다."

"……?!"

"……?!"

사람들은 갑작스런 진강의 그 말에 눈이 번쩍 떠졌다.

"걱정할 필요가 없다니 무슨 말씀이십니까?"

"수, 수도 시스템이 어떤지 알아내신 겁니까?"

"후후……."

진강은 가볍게 반지를 매만졌다. 그리고 그 순간 그의 눈앞에 사람 머리만한 거대한 물방울이 나타났다.

"악하다도 해도 일단 이타콰는 자연의 정령. 수기를 모아 깨끗한 물을 만들어 내는 것은 간단한 일이지요. 지금 이 반지에는 이타콰의 그런 힘이 그대로 담겨 있습니다."

"그, 그렇다면……!"

"이제 물은 무한정이라는 거죠."

"……!"

"오!"

"거기다 굳이 이렇게 허공에다가 만들 필요도 없습니

다. 당장이라도 이 건물 모든 수로에 물을 채우거나, 나오는 물을 정화시키면 되니까요."

사람들은 진심으로 기뻐했다. 벌써 며칠째 겨우 세수나 하는 걸로 참아야 했던 사람들이었다.

"그, 그럼 지금 당장이라도!"

"예. 찬물이라도 괜찮으시다면 당장이라도 쓰실 수 있습니다."

사람들은 식사 따위는 잊은 채 곧바로 샤워실로 향했다. 비록 그 크기는 크지 않았지만 샤워실은 확실히 남녀용 두 개가 있었다.

지금 현재 여성은 소연 단 한 명. 그녀가 다른 이들이 끝낼 때까지 기다린다면 모두 샤워를 하는 데 무리는 없었다.

"……."

어느새 방에는 진강과 소연, 그리고 인수만이 남게 되었다.

"인수 씨는 안 가셔도 됩니까?"

"북적거리는 건 그리 좋아하지 않아서요. 나중에 천천히 해도 괜찮겠습니까?"

"물론입니다. 지금 제게 있어서 물을 만들거나 정화하

는 것 정도는 숨을 쉬는 것과 같습니다."

"……."

너무나 자신만만한 진강의 태도에 소연과 인수는 조금 불안한 마음이 드는 것도 사실이었다. 지금 그의 그런 태도는 흡사 어제의 그를 떠올리게 만들고 있었다.

"저, 정말 괜찮으신 겁니까?"

"물론입니다."

진강은 반지를 바라보며 미소를 지어 보였다.

"이걸로 더 이상 힘을 쓰는데 주저할 필요가 없어졌으니까요."

"……?"

"……!"

소연은 방금 전 진강의 말이 무슨 의미인지 알지 못했지만, 의미를 아는 인수로서는 그것이 얼마나 엄청난 것인지 알 수 있었다.

"그, 그렇다면 그게……."

인수는 목소리를 낮추고 진강에게 다가갔다.

"그게 경면주사보다 훨씬 효과가 있다는 말씀입니까?"

"비교할 수도 없지요. 경면주사는 힘을 억누르는데 도

움이 될 뿐이지만 이건 무리 없이 힘을 마음껏 쓸 수 있게 도와주니까요."

"어, 어느 정도까지 말입니까?"

"조금 전 이타콰 같은 건 열 마리라도 쉽게 처리할 수 있을 만큼은 되겠지요."

진강과 마찬가지로, 인수는 터져 나오는 미소를 참지 못했다. 이제 진강은 안전뿐만 아니라 사람들의 생활까지 책임지게 되었다. 그렇다면 지금 진강은 그야말로 신이나 마찬가지이지 않은가.

"이제 이걸로 완벽해졌군요."

인수는 그렇게 중얼거렸다.

"완벽? 무엇이 말이죠?"

진강의 물음에 인수는 자신이 속마음을 입 밖으로 냈다는 것을 깨달았다.

"아, 의식주뿐만 아니라 생활용수까지 완벽해졌다고요."

급히 둘러댄 거였지만 진강과 소연은 그 말을 믿었다. 실제로 틀린 말도 아니었으니 무리는 아니었다.

"그럼 내일 생존자 수색을 도와주실 수 있겠군요?"

인수의 물음에 소연은 반색했지만 진강은 이해할 수

없다는 표정이었다. 생존자 수색이라면 인수에겐 단순히 계획을 위한 명분에 불과했을 텐데 어째서 다시 제안하는 것인지 이해할 수 없었다.

"생존자 수색이요?"

"예. 어렵지는 않으시겠지요?"

"물론 그렇습니다만……."

"살아 있는 사람이 있다면 도와야 한다. 그렇게 생각하시지 않습니까?"

인수는 진강에게 그렇게 말하고는 소연을 바라보았다.

그녀는 어리둥절한 표정이었다. 진강은 인수와 소연을 번갈아 바라보더니 이내 고개를 끄덕였다.

"알겠습니다. 그러도록 하죠."

인수의 얼굴에는 미소가 떠올랐다.

토지. 식량. 외부의 위협을 방어할 수 있는 무력. 생활 편의를 위한 최소한의 시설. 그리고 지도자. 국가를 이루는데 필요한 모든 조건은 이미 갖추어져 있었다. 남은 것은 오직 국민뿐.

진강이 의식을 빼앗길 위험이 있을 때는 괜한 변수를 줄여야 했지만, 그럴 위험이 사라졌다면 국민을 늘리는 것이 우선이었다.

진강 스스로는 의식 못하고 있었지만 이미 그를 중심으로, 인수가 생각하는 이상적인 세상은 그 기틀을 잡아가고 있었다.

"아, 그보다 남는 빵을 좀 주시겠습니까. 따로 다시 올라가서 할 일이 있거든요."

"여기서 드시고 가시는 게……."

"아뇨. 지금 먹을 건 아니고 나중에 먹으려고 가져가는 겁니다."

진강의 말에 소연은 급히 남은 빵들과 우유를 집어 진강에게 건넸다.

"아, 감사합니다. 그런데 물도 좀 주시겠습니까?"

진강은 생수병을 하나 더 받아 들고는 문 쪽으로 걸음을 옮겼다.

"아, 물은 자정까지는 계속 수도에서 나오도록 할 테니 걱정하지 마십시오."

진강은 그렇게 말하고는 5층으로 올라갔다.

"후후."

사무실로 돌아온 진강은 반지를 내려다보며 다시 미소를 지었다.

"로이고르. 어째서 너까지 노덴스의 뜻에 따르게 되었는지 모르지만, 내게 이런 것을 보낼 정도로 다급하다는 것은 알겠구나. 그 방법은 마음에 들지 않았지만 이런 선물을 받은 이상 나 또한 내 할 일을 해야겠지."

진강의 눈동자가 검은빛으로 물들며 다시 그 몸에서 검은 연기가 피어오르기 시작했다. 그리고 그의 입에서는 한층 더 음산해진 목소리로 뜻을 알 수 없는 그 주문이 흘러나왔다.

"훈구루이 무구루우나후 크틀후 르 리에 우가후나구루 후타군. 훈구루이 무구루우……."

* * *

"……."

어두운 방 안.

방 안 가득한 수십 대의 컴퓨터들은 막대한 열을 뿜어내며 돌아가고 있었다.

"제길!"

그리고 그 중심에서 한 남자가 컴퓨터 사이를 바쁘게 오가며 자판을 두드리고 있었다,

"전국 상수도 시스템 중 70%가 가동 중지? 서버도 반 이상 죽었어? 국내 핵발전소 시스템을 미리 정리해 놔서 다행이지!"

작은 키에 금이 간 안경테, 평균을 살짝 넘는 듯한 체중의 이십대 후반 정도로 보이는 그는 각기 다른 수십 개의 모니터 화면에 또다시 몇 개씩이나 떠 있는 창을 계속해서 확인하고 경고음이 들릴 때마다 달려가 자판을 두드렸다.

모니터에 떠 있는 것은 대부분이 CCTV화면이었다. 몇 개는 연구실이었고, 몇 개는 거리였으며 몇 개는 병원, 발전소 혹은 군사 시설 같아 보였다.

"좋아, 좋아. 일단 최소한 한국 내 원전 사고는 막았고, 바이러스 유출도 얼추 막은 것 같고 가능한 주파수로 신호도 보내고 있고…… 제길!"

경고음과 함께 뜬 화면에 그의 입에서는 욕설이 흘러나왔다.

"빌어먹을 자동 방어 시스템!"

그는 또다시 자판을 두드렸다. 그런데 또다시 경고음이 울렸다.

"제길! 이게 대체 무슨 일이야!"

현재 온갖 국가기관과 사설 기관, 그리고 결코 개인이 볼 수 없는 온갖 것에 접근해 있는 그는 결코 관계자는 아니었다. 물론 설사 관계자라 한들 이 수많은 분야에 모두 접근할 수는 없겠지만 말이다.

그의 이름은 신재원. 경제 위기 때 파산한 자본가의 아들로 15살 나이에 당시 미국 유명 악질 제약회사 중앙 컴퓨터를 백지화시켜 인터폴에 수배까지 되었던 세계적인 전문 해커였다.

또 다른 이름은 [G.O].

본래는 재원이란 뜻이었지만 그의 성과와 능력을 본 다른 해커들에 의해 [G.O.D]라고 불릴 정도였다.

"이게 뭐야? 세상의 종말이라도 되나?!"

세상이 끝나고 사람들이 일제히 쓰러지더니 이내 워커로 변해 걸어 다니기 시작하자, 그는 자신의 모든 시스템과 해킹툴을 이용해 접속할 수 있는 모든 전 세계 주요 공공, 민간 기관과 군사 시설에 접속했다.

일단 기본 방화벽이나 시스템을 뚫는 것만으로도 힘들었고, 설사 성공한다 해도 그때부터는 거의 100% 역추적을 당할 터였다. 그렇게 되면 아무리 그라고 해도 도망칠 구석 같은 건 없었지만 그는 그렇게 했다.

그리고 그는 대부분의 기관에 침입하는 데 성공했지만 그 어떤 기관에서도 그의 침입에 대해 방어적이거나 혹은 공격적인 그 어떤 대응을 하지 않았다.

그가 미국 주 방어 시스템 미사일 발사 시스템에 거의 근접할 때도 마찬가지였다.

그는 그 즉시 국내외에 있는 모든 위험 기관에 접속하기 시작했다. 위험한 바이러스를 연구하고 보관하는 연구소나 병원들, 원자력발전소, 군사 시설까지.

단절되거나 그로서도 어찌할 수 없는 시스템, 아날로그식 기술을 이용하는 시설을 제외하고 그는 자신의 방에서 컴퓨터로 할 수 있는 모든 범지구적인 예방 조치를 시도했다.

물론 그 성공률은 반도 되지 못했지만 그는 지금도 계속해서 시도하고 있었다.

비록 성공률이 낮다고는 해도 그 혼자서 그 엄청난 일들을 할 수 있었던 것은 그의 뛰어난 능력 또한 있겠지만 사실은 멸망의 방식 때문이었다.

운석 충돌이나 전쟁, 지진이나 화산 같은 게 아니라 그저 한순간에 모든 생명이 죽어버렸기에 시스템이나 물리적인 손상은 전무했다. 거기다 기밀이라는 이유로 그를 방해할, 그 자신 이상으로 뛰어난 수많은 전문가들도 없어졌고 말이다.

물론 이후 등장한 워커들이나 기괴한 괴수들로 인해 피해가 발생하기 시작했고 지금은 멸망이라는 그 이름에 어울릴 정도로 대부분의 시스템이 망가져 있었지만 그 사이에는 어느 정도 시간이 있었던 거였다.

“젠장! 종말론 같은 건 그냥 나 같은 괴짜들이나 믿는 건 줄 알았는데!”

그는 피곤해 보였다.

당연한 일이었다. 그는 세계가 끝난 뒤 제대로 잠을 청한 적이 없었다. 거기다 작업에 열중하느라 안전한 곳을 찾아 나서거나 식량을 확보할 타이밍을 놓쳤다.

지금 그는 이 집안에 갇힌 채 그저 끊임없이 자판을 두드리고 있을 뿐이었다.

“제길 나한테는 시간이 없단 말이야!”

그는 잘 알고 있었다. 운이 좋아 지금까지는 괜찮았지만 다른 곳들과 마찬가지로 이곳의 전기 또한 언젠가는 끊어질 거였다. 그리고 그렇게 된다면 그가 할 수 있는 일은 없었다.

운동신경이 제로인 그 자신이 괴물들 사이를 헤쳐 나

갈 수 있을 리도 없고 그렇다고 구조대가 올 리도 없었다. 남는 것은 죽음이 오기를 기다리는 것뿐이었다.

"제길!"

또다시 울린 경고음에 그는 자리를 옮겼다.

*　　*　　*

다음 날 아침.

세면과 식사를 마친 진강과 사람들은 단 한 명도 빠짐없이 진강을 따라 버스로 향했다.

그가 생존자 수색에 따라나서겠다고 하자 또다시 이타콰 같은 괴물이 나타날 수 있다는 생각 때문인지 사람들이 진강에게서 떨어지지 않으려 했기 때문이다.

"진강 씨. 혹시 생존자가 어디에 있는지 아실 수 있으십니까?"

인수의 물음에 진강은 고개를 끄덕였다.

"정확한 위치를 알고 찾아가는 건 무리라도, 가까운 거리에 생존자가 있다면 알아차릴 수는 있을 겁니다."

"좋습니다. 그럼 가 보도록 하죠."

버스는 출발했다.

목적지를 정하지는 않았지만 성은은 어제와 반대 방향으로 차를 몰았다.

"……."

진강은 확실히 지금까지와는 달랐다. 늘 버스 앞 좌석에서 죽은 듯 잠을 자던 그였지만 지금 그는 여유로운 표정으로 의자에 몸을 기댄 채 버스 앞에 장애물이 나올 때마다 그 손을 움직여 장애물을 치워 버리고 있었다.

꽈악!

"쿠에에……!"

거기다 그는 워커들이 보일 때마다 워커들을 향해 손을 뻗었다. 대부분은 검은 연기를 뿜어내며 쓰러졌지만 때로는 마치 오락거리처럼 저 멀리로 던져졌다.

"……."

다른 사람들은 진강의 그런 행동에 별로 신경 쓰지 않았다. 그 덕분에 버스는 훨씬 쉽게 도로를 달릴 수 있었고 몇몇은 그런 진강의 힘을 보며 안도감을 느끼고 있었다.

하지만 바로 옆자리에 앉아 있던 인수는 진강의 그런 모습이 신경 쓰였다. 진강은 어느새 콧노래까지 흥얼거리고 있었다.

"저, 진강 씨?"

"예?"

진강은 또다시 손을 움직여 저 앞쪽에 서 있던 차를 옆쪽으로 밀어 버리며 답했다.

"느껴지시는 게 혹시 있으십니까?"

"……."

진강은 잠시 감았다가 뜨더니 고개를 저었다.

"주변에 생존자는 없습니다."

"……."

인수 또한 그럴 거라 알고 있었다.

저 멀리 집 몇 채가 보이긴 했지만 여긴 아직 고속도로였다. 생존자가 있을 리 없었다.

다만 그럼에도 인수가 진강에게 물었던 것은 진강의 의식을 확인하기 위해서였다.

물론 모두를 잠재웠었던 그때와 같다고 말할 생각은 인수로서도 없었지만, 저 반지 즉, 힘의 제약이 없어진 뒤부터 그의 행동이 어딘가 그때와 비슷해져 가고 있는 것도 사실이었다.

"……그렇군요."

잠시 뒤 버스는 시내 입구에 도착했다.

빽빽이 늘어서 있지는 않았지만 여기저기 얽혀 있는 자동차들 때문에 버스가 들어갈 자리는 없었다. 물론

휙!

진강의 손짓 한 번에 그런 건 아무 의미도 없어졌지만 말이다.

성은은 조금 더 들어가 잠시 멈춰 섰다.

"음?"

그런데 창걸이 뭔가를 본 듯 갑자기 몸을 일으켰다.

"저, 저기!"

창걸은 창밖 한쪽을 가리켰다.

저 멀리 검은 연기가 피어오르고 있었다.

다만 진강이나 워커에게서 나오는 그 불길한 검은 연기와는 뭔가 조금 달랐다.

"화재가 난 모양이군요."

"무리도 아니죠. 지금이야 거의 다 시동이 꺼졌지만 처음 자동차들은 대다수가 시동이 걸려 있는 상태였습니다. 어딘가의 가스레인지나 온도가 높은 기기 같은 게 만약 지금까지 계속 켜져 있던 채였다면 화재가 나지 않는 게 이상하니까요."

"확실히 그렇겠죠. 근데 그렇게 치면 피해가 적은 편

이군요."

"진강 씨?"

굳이 말하지 않아도 진강은 이미 눈을 감고 있었다.

"아뇨. 이 주변에도 없는 것 같군요. 하지만……."

진강은 몸을 일으켰다.

"불청객은 꽤 있는 모양이군요."

진강은 성은을 향해 문을 열어 달라는 신호를 보냈다.

"불청객이라면?"

"에딤무. 에레슈키갈의 병사들입니다."

"에딤무라면 그 박쥐 같은……."

에딤무.

메소포타미아 지역인 수메르와 아카드의 정령들 중 해악을 뿌리는 악한 정령들을 총칭하는 말.

이름은 들어 올려진 자라는 뜻이며 명계의 여신 에레슈키갈의 명을 받드는 자들이었다.

그리고 며칠 전 영진의 목숨을 앗아갔던 것들의 이름이기도 했다.

"……."

사람들은 영진의 마지막이 떠오른 탓인지 표정이 어두워져 있었다.

"예. 그렇습니다. 다만 종류가 조금 다르지요."

"……?"

"뭐, 곧 보실 수 있을 겁니다."

성은이 문을 열자 진강은 버스에서 내렸다.

"……."

사람들은 빌딩이나 건물들을 바라보았다. 하지만 거기에는 검은 그림자 같은 건 보이지 않았다.

"……?"

그런데 사람들의 귀에 어떤 소리가 들려왔다. 처음에는 너무 멀어 무슨 소리인지 알지 못했지만 귀를 기울여 보니 조금씩 들려왔다.

그것은 발소리였다. 하지만 워커들의 무질서한 발소리 같은 게 아니었다. 많은 수가 일정한 보폭으로 발을 맞춰 걷고 있었다. 마치 군대의 행진처럼 말이다.

"……!"

그리고 사람들은 보았다. 모퉁이를 돌아 한 무리의 기괴한 행렬이 이쪽으로 향하고 있었다. 보이는 것은 고작 행렬의 머리였지만, 족히 수백은 넘어 보였다.

그것들은 모두 둘씩 짝을 짓고 있었다. 왼쪽은 키가 컸고 오른쪽은 그 반 정도 될 만큼 키가 작았다.

그것들의 손에는 모두 창이나 도끼, 몽둥이나 활이 일관성 없이 들려 있었다.

"케케케케!"

그리고 그들은 워커가 눈에 보일 때마다 악귀처럼 달려들어 그 머리와 몸을 짓뭉개 버렸다.

"갈라. 지옥의 간수이자 자신의 심부름꾼인 저들을 이 정도 수나 보내다니. 에레슈키갈께서 확실히 급하셨던 모양이군요."

갈라. 에레슈키갈의 부하로 어린아이와 유부녀를 붙잡아 가길 좋아하는 이 악령들은 황야를 돌아다니며 여행객의 혼을 잡아채거나, 도둑들을 수호하여 세상에 불화를 초래한다.

그들은 언제나 둘씩 짝을 지어 다니며 한쪽은 크고 한쪽은 작았다.

"……."

진강은 반지를 내려다보았다.

만일 그에게 반지가 없었다면 아무리 그라도 저 정도의 수를 상대하기란 무리였을 터였다.

마을을 가득 채웠던 그 엄청난 수의 워커들이라 할지라도 저 갈라 군대 앞에서는 한 시간도 채 되지 않아 힘없이 도륙될 터였다.

"하지만 지금은……."

진강은 손을 뻗었다. 그 눈동자가 다시 검은빛으로 물들고 그의 몸에서 검은 연기가 치솟아 올랐다.

"그럴 필요가 없지."

그 손짓에 갈라들이 있는 곳 허공이 일렁이기 시작하더니 이내 갈라들의 형체가 흐릿해졌다. 그리고 잠시 뒤 갈라 군대는 더 이상 그곳에 있지 않았다. 마치 처음부터 없었던 것처럼 그들은 사라졌다.

"……."

사람들은 자신의 눈을 의심했다. 방금 전까지만 해도 도로를 가득 채워 가던 갈라 군대는 더 이상 보이지 않았다.

똑똑.

진강은 버스 문을 두드렸다.

성은은 버스 문을 열었고 그는 마치 아무 일도 없었다는 것처럼 다시 자신의 자리로 가 앉았다.

"어떻게 하신 겁니까?"

인수의 물음에 진강은 아무것도 아니라는 듯 말했다.

"그냥 돌려보낸 겁니다."

"돌려보냈다고요?"

"예. 신의 권속들은 그 신의 영향력을 통해 이 세상으로 돌아옵니다. 그러니 그 영향력을 한순간이라도 끊어 버리면 그 권속들은 더 이상 이 세상에 있지 못하게 되죠. 뭐 시간이 지나면 다시 돌아오겠지만 말입니다."

"그러실 수도 있으셨던 겁니까?"

인수의 물음에 진강은 목소리를 낮추고 답했다.

"사신들은 살아 있는 세상에서 힘을 쓰지 못하지만, 신들은 죽은 세상에서 점점 그 영향력을 잃어 갑니다. 시간이 지날수록 영향력을 끊는 건 쉬워진다는 거죠."

"하지만 고작 며칠밖에 되지 않았잖습니까?"

인수의 말에 진강은 자신의 반지를 가리켰다.

"물론이죠. 대신 이게 있잖습니까."

진강은 성은에게 출발 신호를 보냈다.

버스는 방금 전까지 갈라들로 가득했던 도로를 지나 도심 쪽으로 향했다.

"정말 그걸로 충분한 게 맞나요?"

조금 더 시간이 지난 뒤 인수가 조심스럽게 물었다.

"물론입니다. 갈라들이 돌아왔을 때쯤은……."

"아니, 그 반지 말입니다."

"아, 물론이죠. 이건 의식의 동화를 완벽하게 차단해 주도록 되어 있습니다. 이타콰가 가진 능력은 덤이지요. 이건 로이고르라는 옛 친구가 친분과 동맹의 표시로 보내준 겁니다."

"거대한 괴물을 보내면서 같이 말이죠."

"하하! 이타콰 같은 건 그에게 전서구 정도입니다. 큰 의미는 없었을 겁니다. 단지 저를 조금 곤란하게 만들고 싶었겠지요."

"곤란이요? 친구라고 하셨잖습니까."

"그 녀석은 그리 성격이 좋지 않거든요. 남이 곤란해 하는 걸 보기 좋아하지요. 선물을 보낼 때면 언제나 약간의 장난도 동반하죠."

인수는 더 이상 말하지 않았다. 진강의 힘에 대한 제약이 없어졌다는 점에 대해서는 환영할 만했지만 뭔가 기분 나쁜 예감이 그의 머릿속을 계속 맴돌고 있었다.

"잠시만요."

그런데 갑자기 진강이 버스를 세웠다.

"이 근처에 생존자들이 있습니다."

"생존자 '들' 이요?"

"예. 모여 있지는 않지만 3명 정도 있는 것 같군요."

"어디로 가면 되겠습니까?"

성은의 물음에 진강은 오른쪽을 가리켰다.

"다음 사거리에서 오른쪽으로 가시면 됩니다. 5분 정도만 더 가면 첫 번째 생존자를 만날 것 같군요."

이후 버스가 선 곳은 낡은 총포상이었다.

셔터는 내려가 있었고 유리창은 깨져 있었으며 문 입구에는 워커들이 쓰러져 있었다.

"총포상이라. 어쩐지 확실히 살아남을 만한 장소로 보이는군요."

"다른 분들은 모두 여기 계십시오. 그럴 리야 없겠지만, 종말은 멀쩡하던 사람도 그렇지 않게 만들기 충분하거든요."

사람들은 고개를 끄덕였다. 총포상이란 것도 그렇지만, 입구에 머리가 박살나 있는 워커에게 가까이 가고 싶은 사람은 없었다.

"거기 괜찮습니까?"

진강은 버스에서 내려 총포상 입구로 향했다. 기운뿐만이 아니라 안쪽에서 확실히 검은 인영이 움직이고 있었다.

"괜찮으십니까? 도와드리러 왔습니다!"

진강은 소리쳤지만 대답은 들려오지 않았다.

"안전한 잠자리와 충분한 음식, 샤워 시설까지 있습니다. 다른 사람들도 있습니다."

하지만 여전히 안쪽에서는 그 어떤 답도 들려오지 않았다.

"하아."

진강은 입구 쪽으로 한 걸음 더 다가갔다. 그런데

탕!

총소리와 함께 총알이 그의 앞쪽 바닥에 박혔다.

"……."

진강은 바닥과 가게 안쪽을 번갈아 바라보았다.

"저기요?"

진강은 황당하다는 어투로 다시 안쪽을 향해 소리를 질렀다. 그러자 마침내 안쪽에서 가래가 낀 남성의 목소리가 들려왔다.

"그 이상 다가오지 마!"

"도와드리러 왔다는 말에 대체 어디가 이해 안 되시는 겁니까?"

"웃기지마! 네놈도 똑같은 괴물이지! 나를 속이려 해도 소용없어!"

진강은 의식을 집중했다. 그의 눈동자가 검게 물들며 가게 안의 모습이 보였다. 거기에는 웬 50대 정도 되어 보이는 남자가 총과 탄환을 쌓아 놓은 채 엽총으로 입구를 겨누고 있었다.

"아닙니다. 저것들은 말을 못하잖습니까. 말하고 있는 거 안 들리십니까?"

진강은 최대한 부드럽게 말하려고 노력했다. 하지만

"괴물이 아니면 그럼 빨갱이겠지!"

진강은 자기도 모르게 인상이 일그러졌다.

"빨갱이요?"

이 무슨 국회의원들 말싸움하는 소리란 말인가.

"그래! 이 빨갱이야! 난 안 속아! 네놈들 빨갱이 새끼들이 이런 거잖아!"

진강은 자신의 머리를 잡았다. 분명 이 땅은 휴전이라는 이름으로 계속 전쟁 중에 있었다. 그러니 그런 점을 생각한다면 저런 사람이 적다는 게 어떤 면에서는 신기한 일이었지만 왜 하필 종말 이후에 살아남은 사람이 저런 인간이란 말인가.

"그럴 리가 없잖습니까! 대체 어떻게 하면 이렇게 되는 건데요?"

"나도 다 알아! 그놈들이 핵무기 만들기를 실패해서 세균 병기를 만든 거잖아!"

진강은 이런 류의 세균 병기라면 핵무기 만들기보다 훨씬 어렵다고 답하고 싶었다.

"설사 그렇다 해도 북한이 전 세계를 이렇게 만들 수 있다고 생각하는 겁니까?"

"전 세계라니? 이건 우리나라만의 문제야! 다른 건 네놈들이 통신을 끊어서 그런 거잖아! 네놈들이 선제 공격을 시작한 거라고!"

편집증적으로 외치고 있는 그를 보며 진강은 확 날려버릴까 싶은 충동을 참기 어려웠다.

"그런 게 아닙니다. 나중에 다 설명해 드릴 테니 일단은 우리를 따라가셔야 됩니다. 여긴 안전하지도 않고 음식도 부족하실 겁니다."

"여긴 안전해! 음식도 충분하고! 이럴 때를 대비해서 준비해 왔지. 여긴 몇 십 년간 먹을 수 있는 전투식량이 쌓여 있다고!"

"……."

진강은 잠시 고민했다. 과연 저자를 데려가는 게 좋을지, 자기 좋을 대로 놔두는 게 좋을지 말이다.

탕!

또다시 총소리가 울렸다.

"당장 꺼져 버려! 그러지 않으면 다음에는 네놈 머리에 총알을 박아 줄 거다!"

"……."

진강은 그 우습지도 않은 협박에 당장 손가락을 들어 길가에 서 있는 자동차를 가게 안으로 던져 넣고 싶었다.

"……알겠습니다."

하지만 진강은 그냥 버스로 돌아가는 걸 택했다.

"행운을 빌지요."

"그딴 건 필요 없어! 난 미군이 올 때까지 살아남을 거야!"

미국이라는 국가가 다시 건립되고 또 군대를 모집한 뒤 그 군대를 한국에 파견하기 전에 그가 워커나 에딤무, 가그 혹은 뭐가 됐든 그 손에 죽을 거라고 진강은 장담했다.

똑똑.

진강은 다시 버스로 돌아와 차 문을 두드렸다.

"어떻게 되셨습니까?"

"총소리가 나던데 괜찮으십니까?"

사람들의 물음에 진강은 고개를 저었다.

"저 안이 더 안전하다고 믿으시더군요."

그리고 진강은 자신의 손가락을 들어 보였다. 그의 검지와 중지 사이에는 총알이 잡혀 있었다.

"거기다 저를 괴물 아니면 북한 공작원으로 보더군요. 거기다 두 번의 위협사격까지 했고요. 물론 그중 한 발은 정확히 제 팔을 노렸지만 말입니다."

그는 총알을 던져 버리고는 자리에 앉았다.

"가시죠. 이대로 20분 정도 가면 다음 생존자가 있습니다."

7

신앙

버스가 도착한 다음 장소는 고급스런 주택가였다.

전부 높은 담과 정원을 가진 2층 집이었고 골목마다 감시 카메라가 2대씩 설치되어 있었다. 더구나 차고가 아닌 밖에 세워져 있는 차들조차 모두 외제차였다.

물론 그것들조차 진강의 손짓에 허공을 돌다가 거꾸로 착지하거나 벽에 가 박혔지만 말이다.

아마 그 흠집들만으로도 일반 서민 아파트 몇 채는 쉽게 살 수리 비용이 나올 터였다.

"저쪽으로 가면 됩니다."

원래라면 버스가 들어갈 수도 없는 곳이었지만, 버스는 부서진 외제차 사이를 지나 안으로 들어갔다.

"예, 저깁니다."

버스는 한 은색 대문 앞에 멈춰 섰다.

"꽤 큰 집이군요. 미적 감각은 좀 떨어지는 듯하지만 말입니다."

진강은 집 앞에 모여 있는 워커들을 향해 손을 뻗었다. 워커들은 검은 연기를 뿜어내며 쓰러졌고 잠겨 있던 은색 대문은 그대로 뒤로 쓰러졌다.

"버스를 안으로 가져가 대라고 하고 싶지만 나올 때가 문제겠지요."

대문이 그대로 넘어졌기에 버스가 들어갈 수는 있겠지만, 그랬다가는 나올 때는 벽을 무너뜨려야 할 것 같았다.

"여기서 기다리도록 하십시오."

진강은 버스에서 내려 집 쪽으로 향했다.

정원에는 잡초가 가득했다. 단 한 번도 손질한 적 없는 것처럼 말이다.

"이럴 거면 정원이 있는 집은 왜 구했나 모르겠군요."

진강은 어느새 정원 안으로 따라 들어오고 있는 워커

들을 처리한 뒤 현관문 쪽으로 손을 뻗었다.

쾅!

현관문은 대문처럼 그대로 뒤로 쓰러졌다.

"이건 또 뭐지?"

집안으로 들어오자 거기에는 탁자나 소파, 식탁 할 거 없이 수많은 기계 부품과 하드디스크가 쌓여 있었고 거실에는 12개나 되는 대형 티비가 벽면을 가득 채우고 있었다. 물론 그 수많은 최첨단 기계장치를 제외하면 다른 가구들은 다 낡고 부러진 것들뿐이었지만 말이다.

"좋은 집에 엉망인 정원. 안 좋은 가구들 위에 최첨단 장치들이라. 취향이 확실히 편중된 모양이군. 거기다……."

진강의 눈에 거실 한쪽에 놓여 있는 특이하게 생긴 의자가 보였다. 마치 1인용 탈출 우주선 같이 생긴 그 의자에는 머리 위쪽에 3개의 모니터 달려 있었고 4개의 스피커와 누워서도 두드릴 수 있는 키보드, 내장형 컴퓨터에 헤드폰과 4종류의 조이스틱까지 달려 있었다.

영국 컴퓨터 회사에서 한정판으로 생산했다는 2천만 원짜리 스마트 의자였다.

"이건 전 세계에 20대만 있다고 했던 거 같은

데…….”

진강은 의자에 살짝 앉아 보았다. 확실히 사무실 소파나 버스 의자에 비한다면 마치 구름 위에 누운 것처럼 환상적인 착석감이었다.

“부품 값하고 원재료 값만 쳐도 1,600만 원이라고 하던 거 같은데 디자인이나 조립, 인건비나 기타 등등을 생각하면 싼 편인가?”

그는 곧 고개를 저었다.

“아니. 이런데다가 그 정도 돈을 쓴다는 거 자체가 낭비지. 냉장고는 스마트는 커녕 나온지 10년이 지난 모델이면서 말이야.”

하지만 그렇게 말하면서도 진강은 의자에서 내려오지 않았다.

“티비나 인터넷이 됐다면 더 좋았을 텐데.”

그는 잠시 조이스틱을 매만져 보고는 자리에서 일어났다.

“근데 대체 어떤 사람이길래 아직 나오지도 않는 거지?”

진강은 기운이 느껴지는 방 쪽으로 걸음을 옮겼다.

방 안에서는 기계음이 심하게 나고 있었다.

탁!

진강이 손가락을 튕기자 잠겼던 문이 열렸다. 방 안은 어두웠고 수십 대의 모니터에서 나오는 빛과 컴퓨터들이 내는 소음만이 가득했다.

타다탕!

그리고 곧바로 누군가 숨다가 잘못해서 여기저기 부딪히는 소리가 들렸다.

"안심하십시오. 도와드리러 왔습니다."

숨을 거면 좀 제대로 숨을 것이지. 라는 마음이 드는 진강이었지만 굳이 입 밖으로 내지는 않았다.

"도, 도와주러 왔다니요?"

사내는 컴퓨터 책상 아래에서 머리만 살짝 내놓고는 그렇게 물었다.

그는 바로 신재원이었다.

"안전한 잠자리, 충분한 음식이 있습니다. 다른 생존자 분들도 계시고요."

"오! 오!"

신재원은 그제야 환호성을 지으며 몸을 일으켰다.

"내 신호를 받았군요! 설마 진짜 이렇게 찾아올 거라고는 생각 못했는데!"

그는 진강에게 다가와 그 손을 맞잡았다.
“정말 고마워요!”
“천만에요. 당연히 할 일입니다.”
그의 그런 태도에 진강의 얼굴에는 미소가 떠올랐다.
조금 전 생존자를 떠올리고는 생존자라면 당연히 이래야 한다고 생각했다.
“좋습니다. 그럼 같이 가실까요?”
“아니요.”
“……?!”
뜻밖의 대답에 진강은 자신의 귀를 의심했다.
“예?”
잘못들었나 싶어 다시 물었지만 대답은 같았다.
“지금은 같이 갈 수 없습니다. 할 일이 남았어요.”
재원은 그렇게 말하고는 다시 컴퓨터들 사이를 돌아다니며 자판을 두드리기 시작했다.
“할 일이라니요?”
진강은 황당한 마음을 감추지 못한 채 그렇게 물었다.
그러자 재원은 방 끝쪽 컴퓨터로 뛰어가면 답했다.
“안전조치요! 원전 폭발이나 미사일 발사, 바이러스 확산 같은 걸 차단해야 되요. 전기가 언제 끊길지 모르니 지금밖에 시간이 없다고요."

진강은 그제야 컴퓨터 모니터들을 확인해 보았다. 거기에는 모두 일반인이라면 결코 접근할 수 없는 시설과 기관들의 관련 시스템들이 떠 있었다.

"그럼 언제 끝날 것 같습니까?"

진강은 뭔가 조금 복잡한 표정으로 그렇게 물었다. 그것은 어딘가, 미안함이랄까 곤란함이 가득한 표정이었다.

"글쎄요……."

재원은 심각한 얼굴로 컴퓨터들을 둘러보며 고민하더니 답했다.

"전기가 끊기지 않는다 쳐도 최소 반년은 걸리……."

"됐습니다!"

탁!

진강이 손가락을 튕기자 방 안에 있던 모든 모니터가 깨져 버렸다.

"안 돼!"

재원의 비명이 온 집안에 울려 퍼졌다.

"대, 대체 어떻게?! 아니 왜?! 왜?!"

재원은 눈앞에 상황에 큰 충격을 받은 듯 그대로 굳어

버린 채 계속해서 같은 말만 반복했다.

"……."

진강은 그런 재원의 모습을 잠시 지켜보다가 어느 정도 그가 진정, 아니, 목이 아파서 잠시 말을 멈춘 순간 입을 열었다.

"죄송하지만 그런 건 아무 의미도 없습니다."

진강의 그 말에 재원은 그를 마치 소가 닭을 보는 듯한 눈으로 쳐다보았다.

"예?!"

마치 그 무슨 멍청한 헛소리냐고 묻는 표정이었다.

"그런 건 이제 아무 의미도 없다는 말입니다."

"의미가 없다니 그게 무슨 말입니까! 얼마나 치명적인 바이러스들이 보관되고 있는 지 알고나 계십니까? 거기다 원전이 폭발한다면 어떤 결과를 낼지 진정 모른단 말입니까? 지구 환경에는 어떤 영향을 줄지……."

"이제 그런 건 아무 영향도 못 줍니다."

"그게 무슨……?"

휙!

진강은 재원을 향해 손을 뻗었다. 재원은 허공에 떠올랐고 그의 주위에는 푸른 불길이 일렁이기 시작했다.

"놔, 놔주십시오! 대체 이게 무슨 일입니까?!"

"잘 들으십시오."

진강이 다시 손을 움직이자 재원의 입은 마치 지퍼가 채워진 듯 더 이상 움직이지 못했다.

"간단하게 말하자면, 이미 그런 건 다 처리되었단 겁니다."

"처리가 되다니요? 말도 안 됩니다! 원전은 계속해서 돌아가고 있었고 바이러스 관련 연구소들도……."

"……."

진강은 어떻게 설명해야 될지 고민하는 듯 보였다.

사실 신들이 떠난 뒤 사신들이 이 세계로 넘어와 가장 먼저 하는 일은 그 자신들의 즐거운 쉬는 시간을 조금이라도 빨리 끝내거나, 혹은 그 재미를 반감시킬 요소를 제거하는 거였다.

실제로 사신들은 저 멀리 있는 또 다른 은하에 있는 은하를 지우는 행성 정렬 에너지 무기인 '진실의 폭탄' 이나 행성 파괴 병기 '시바' 를 단순한 고철 덩어리로 만들어 버렸고 방사능이나 바이러스 같은 것들의 기운은 모조리 바꿔 버려 무해하게 만들었다.

즉, 그가 해 왔던 예방이나 대비라는 것들이 실제로는

아무런 의미도 없었다는 뜻이었다.

만일 지금 당장 원전이 폭발한다 치더라도 그 폭발력은 사신들에 의해 억제될 것이며 방사능 따위는 그 어떤 영향도 미치지 못할 것이었다.

"하아."

진강은 마침내 결심을 한듯 한숨을 내쉬더니 재원을 끌어내렸다.

"아, 감사합니다. 자, 잠깐 뭐하시는……."

그리고 진강은 재원의 이마에 자신의 손가락을 가져다 댔다.

"……!"

진강의 손가락이 닿자 재원은 잠시 휘청하더니 이내 막 잠에서 깬 듯 눈을 깜박였다.

"안 가고 우리가 뭐하는 거죠?"

그는 더 이상 묻거나 자신이 할 일에 대해 신경 쓰지 않았다.

"자, 가시죠. 혹시 가지고 가야 되는 물건 있으십니까?"

"잠시만요."

진강의 물음에 재원은 벽장 서랍에서 첩보영화에 나올

것 같은 커다란 서류 가방을 꺼냈다.

"이거면 끝이에요. 그럼 가시죠."

"뭐가 들어 있나 물어도 되겠습니까?"

재원은 흔쾌히 가방을 열어 보였다. 안에는 스파이 도구 같은 것들이 가득 담겨 있었다.

"꼭 필요한 겁니다. 소형 컴퓨터에 소형 무전기 전파 교란 장치에……."

"예, 예. 알겠습니다."

진강은 그의 등을 떠밀었다.

"근데 이름이 뭐라고 하셨었죠?"

"아, 저는 진강이라고 합니다."

등을 떠밀고 떠밀리며 그들은 자기소개를 했다.

"저는 재원입니다. 신재원. 우리는 어디로 가는 거죠?"

그는 아직도 조금 정신이 없어 보였다.

"안전한 곳이 있습니다."

진강은 그를 데리고 밖으로 나왔다.

정원에는 어느새 몰려든 워커들이 가득했다.

"어, 어……!"

재원은 워커들의 모습에 당황했지만, 이내 진강의 손

짓에 워커들이 검은 연기를 뿜어내며 쓰러지는 걸 보고서는 말을 잃었다.

"어, 어떻게?!"

"제게 좀 남다른 힘이 있답니다."

진강은 다시 그의 이마를 손가락으로 쳤다.

"아, 그렇군요."

그러자 그는 잠시 멍한 표정을 짓더니 아무렇지도 않게 고개를 끄덕였다.

"자, 그럼 가시죠. 저 버스에 오르면 됩니다."

"알겠습니다."

진강이 다른 워커들을 처리하는 동안 재원은 버스에 올라탔다. 사람들은 종말 이후 처음 보는 자신들 이외의 진짜 생존자에 흥분했다.

"어서 오십시오. 저는 인수입니다."

"저는 성진입니다. 혼자 계셨다니 얼마나 끔찍하셨습니까."

성진과 인수가 먼저 일어나 그를 환영했다.

"아, 감사합니다. 이렇게 다른 살아 있는 분들을 보니 기쁘군요."

"저희야말로 그렇습니다."

성진은 재원을 다른 사람들이 있는 뒷자리로 데려갔다. 그들은 서로를 소개하고 어떻게 살아남았는지 묻기 바빴다.

"자, 그럼 다음 장소로 출발하시죠."

진강이 올라타고 버스는 다시 출발했다.

"어디로 갈까요?"

몇 개의 뒤집어진 외제차 옆면을 갈아 버리며 버스는 그 동네를 벗어났다.

"잠시만 기다리십시오."

어느 정도 거리가 멀어지자 진강은 가까운 집들 중 하나를 향해 손을 뻗었다. 그리고 그 담과 집은 힘없이 무너져 내리더니 이내 푸른 불길에 휩싸였다. 그 집은 한 유명 정치인의 사택으로 알려진 곳이었다.

"뭐 딱히 다른 사람이라고 그 자리에서 양심적으로 행동할 거라 여기지는 않지만, 그래도 꼴 보기 싫은 건 꼴 보기 싫은 거니까요."

잠시 뒤 버스가 완전히 그 동네를 벗어나자 진강의 눈동자가 다시 검게 물들었다. 마지막 생존자의 위치를 정확히 알기 위해서였지만, 진강의 표정은 곧 일그러졌다.

"무슨 일이십니까?"

진강의 표정을 본 인수가 물었다.

"아무래도 세 번째 생존자에게는 안 가도 될 것 같군요."

"설마 그 사이에 당한 겁니까?"

진강은 고개를 저었다.

"아니요. 단지 선수를 빼앗긴 것에 불과합니다."

"……?"

진강은 더 이상 아무 말도 하지 않았고 사람들은 그가 한 말이 무슨 의미인지 이해하지 못했다.

그리고 진강은 한참 후 '돌아갑시다.' 라는 짧은 말을 한 뒤 다시 입을 다물었다.

* * *

"오, 신이시여!"

한 중년 여인이 바닥에 엎드린 채 연신 허리를 굽혀댔다.

그녀의 앞에는 옅은 보랏빛 후광이 빛나고 있는 성주선이 서 있었다.

그들 주변에는 수백이나 되는 워커들이 보랏빛 불길에

불타고 있었다.

—일어나거라 나의 아이야.

아라디아, 아니 주선은 자신의 앞에 엎드린 여인을 일으켜 세웠다.

—지금부터 너를 두렵게 할 것은 없으리니. 여신 아라디아의 이름 아래에서 평온하리라.

중년 여인은 황홀한 듯 그녀를 바라보았다.

—우선 신전으로 가 배를 채우고 쉬도록 하라. 곧 너는 평화로운 왕국에서 살게 되리니.

주선은 계정에게 눈짓을 했고, 계정은 옆에 서 있던 뱀파이어를 향해 손짓을 했다. 앞으로 나선 뱀파이어는 중년 여성의 곁으로 가 그녀를 안아들었다.

"……!"

그녀는 갑작스런 행동에 놀랐지만 그런 그녀에게 아라디아가 속삭였다.

—놀라지 마라 아이야. 이들은 나의 권속일지니. 너희를 도울 사자이니라.

"아……."

그녀는 곧 안심했고, 뱀파이어는 싫은 기색을 숨기지 않은 채 그녀를 들고는 저 멀리로 사라졌다.

"후우."

보랏빛이 사라지고 주선의 후광 또한 사라졌다.

"고작 두 명?"

계정은 그런 그녀를 향해 비꼬듯 말했다.

"이제 시작일 뿐이야."

주선은 인상을 찡그리며 대꾸했다.

"시작이라……."

하지만 계정은 그만두지 않았다.

"이미 내 부하들이 데려온 사람들이 3명에 모두 다 젊고 어립니다. 그런데 당신이 찾은 사람은 2명에 그중 한 명은 두려움에 거의 맛이 가 있는 폐경기 여성이군요."

계정의 비꼼에 그녀의 몸에서 다시 보랏빛 기운이 일렁이기 시작했다. 그리고 그녀의 목소리가 다시 매혹적인 여인의 것으로 변했다.

—자만하지 말거라 아이야. 신자가 늘어날수록 내 힘 또한 강대해질지니. 이것은 그저 시작해 불과하노라.

"오! 부디 빨리 그 강대한 힘을 보았으면 좋겠구나."

계정은 그녀의 말투를 흉내내며 말했다.

—서두르지 말거라 아이야. 내 신자가 사원 하나를 채

울 정도만 되어도 살아 있는 모든 인간들이 제 발로 구원을 찾아 걸어올지니. 고작 암시로 한두 명 데려오는 것은 감히 비교할 수도 없으리라.

"그 사원 하나를 채울 인간을 데려오고 있는 게 우리의 암시란 걸 잊지 않길 바란다."

계정의 목소리는 낮게 깔려 있었고 보랏빛을 뿜어내는 그녀의 눈동자에 맞서듯 눈동자에서는 붉은빛이 흘러나오고 있었다.

"아, 그리고 또 하나 잊지 말 것은 그 몸에 어떤 의식을 담고 있던 그 몸은 뱀파이어고 그 어떤 뱀파이어라도 로드의 명에 복종해야 한다는 점이다. 우리는 필요에 의해 동맹을 맺고 있을 뿐이다."

—…….

보랏빛 기운은 사라졌고 그녀는 원래의 자신으로 돌아왔다.

"알고 있다고."

그녀의 그런 태도에 계정의 눈에서도 붉은빛이 사라졌다.

계정은 다시 특유의 그 사람 좋은 미소를 지어 보였다.

"좋아! 그럼 다음은 어디지?"

그녀는 잠시 계정을 노려보더니 이내 손가락으로 한쪽을 가리켰다.

"이번엔 제가 길을 안내할 테니 그냥 따라오시지요. 로. 드. 님."

주선은 그렇게 말하고는 먼저 달려 나갔다.

"훗!"

그리고 그런 모습은 계정과 그의 부하들의 코웃음 치게 만들었다.

"방향을 가리키다니."

"맞아. 그러면 끝이지."

뱀파이어들은 그녀의 실수를 비웃어댔다.

계정 정도의 뱀파이어라면 전속력으로 그 방향을 달려가다가 따뜻한 피 냄새가 나면 거기 멈춰 서면 되는 거였다.

"너희는 천천히 와도 된다."

계정은 다른 뱀파이어들에게 그렇게 말하고는 주선이 달려 나간 방향으로 몸을 날렸다.

남은 뱀파이어들은 서로를 보며 어깨를 으슥해 보였다.

"꼭 가야 하나?"

"안 가도 될 걸?"

"훗."

계정은 진강이 왔던 낡은 총포상 앞에 멈춰 섰다. 그의 얼굴에는 득의만만한 미소가 그려져 있었다. 그리고 약 4, 5분 정도 후에 주선 또한 도착했다.

"그거 참 자랑스러우시겠군요."

주선의 비꼼에 계정은 다시 한 번 미소를 지어 보였다.

"이 정도 가지고 뭘. 자, 그럼 이제 저 늙은이는 어쩔 셈이지? 내가 들어갈까?"

"아니 그럴 필요 없어요."

그녀의 눈동자에 다시 보랏빛이 깃들며 후광이 나타났다.

"오! 또 그거군요."

계정은 한심하다는 듯 그녀를 바라보며 한 발자국 물러섰다.

하지만 그녀는 계정이 그러거나 말거나 총포상 앞쪽으로 걸음을 옮겼다. 그리고 매혹적이고 엄숙한 목소리가 울려 퍼졌다.

—내 이름은 아라디아. 자유와 희망의 여신일지니. 나의 아이야. 어서 나오거라. 내 이름 아래에서 평온하리라!

그녀의 주위에 보랏빛 불길이 일었고 문 앞에 쌓인 워커들의 시체들은 그 불길 속에서 재로 변해 갔다.

—어서 나오라. 그리고 너의 신 앞에 무릎 꿇으라.

고작 세 번째일 뿐이지만, 지금까지 이러한 방식은 계속 통해 왔었다. 그리고 주선과 아라디아는 이번에도 통할 거라고 장담하고 있었다.

왜냐하면 그녀들 스스로는 최면이나 암시를 걸지 않는다고 하지만 애초부터 아라디아의 힘이 사람들을 매혹시키는 성질이었기에 그것은 틀린 말이었다.

그녀의 보랏빛 불길은 비록 약하긴 해도 뱀파이어들의 암시보다 훨씬 깊고 은은한 암시를 보는 이들에게 걸 수 있었다.

—어서 내게 오라!

그리고 그녀의 불길이 셔터를 녹였다. 그녀는 그 틈 사이로 여유롭게 걸어 들어가려 했다. 그런데

탕!

“……”

—…….

날아든 총알이 그녀의 머리를 노렸다. 당연히 그 총알은 보랏빛 불길에 순식간에 소멸하긴 했지만, 그녀들 모두 이 사태에 당황한 듯 말을 잃었다.

“푸하하하!”

물론 지켜보고 있던 계정은 박장대소했지만 말이다.

그리고 잠시 뒤

탕!

또다시 총소리와 함께 가래 섞인 목소리가 들려왔다.

“이 괴물! 당장 꺼져! 내 신은 오직 하나님 한 분뿐이다!”

온화한 표정을 가장하던 주선의 표정이 일그러졌다. 하지만 아라디아는 최대한 부드럽고 매혹적인 목소리로 다시 말을 시작했다.

—아이야. 너의 신은 떠났노라. 너를 이 지옥 속에 남겨 둔 채. 그러니 내게…….

탕탕탕!

이번에는 엽총이 아니라 권총이었다.

“웃기지 마라! 타락한 음성으로 말하는 유혹 따위에

굴하지 않는다! 나는 네가 누군지 안다!"

—누군지…… 안다고 했더냐?

아라디아의 목소리가 살짝 떨리고 있었다.

"그래! 이 바빌론의 창녀! 내가 거룩한 성경의 말을 모르는 줄 알았더냐! 종말의 날, 머리 여럿 달린 짐승을 타고 와 거짓 구세주 역할을 하며 길 잃은 자들을 지옥으로 데려갈지니. 니년의 이야기는 내 머릿속에서 잊은 적이 없다!"

바빌론의 창녀. 예언자이자 예수의 세례자인 요한이 썼다고는 하지만 여전히 논란이 많은 요한계시록에 나오는 멸망의 징조들 중 하나. 머리 여럿인 짐승을 타고 나타나 거짓 예언으로 사람들을 현혹시키며 신실한 자를 타락시켜 지옥으로 끌고 간다.

화르륵!

은은하게 타오르던 보랏빛 불꽃의 기세가 사납게 변했다.

—오! 나를 고작 그러한 조무래기와 혼동했단 말이더냐? 성진동의 아들 성동하여.

아라디아의 목소리는 그 분노를 숨기지 않고 있었다.

매혹적인 여인의 목소리였던 그것은 이제는 성난 폭군

처럼 사납게 변해 있었다.

"……!"

자신의 이름뿐만이 아니라 자신 아버지의 이름까지 거론되자 총포상 안의 사내는 동요를 감추지 못했다.

—열 살. 캬라멜 향기와 크림빵에 현혹되어 의미도 모르는 십자가 밑에 엎드렸던 아이야. 거짓 계시록에 나오는 종말의 공포를 아직도 버리지 못했구나. 바빌론의 창녀라…… 그것이 네가 끝내 결혼을 하지 못한 이유겠지.

아라디아의 손짓에 보랏빛 불길들이 사방에 흩날리기 시작했다. 불길은 가게 안으로 날아들었고 자신을 향해 날아드는 불길을 보며 사내는 공포에 총을 쏴댔다.

"아, 아아!"

탕탕탕!

하지만 그 어떤 총알도 그 불길을 통과하지도, 그녀에게 해를 입히지도 못했다.

—내 이름은 아라디아. 위대한 희망의 여신일지니. 나를 믿는 자에게는 안식이 있으라. 그러나 그렇지 않은 자에게는 고통이 있으리. 나를 거부한 어리석은 아이야. 네 신의 이름 아래에서 불타 사라져라!

그녀의 외침과 함께 보랏빛 불꽃들은 일제히 그를 덮

쳐 갔다.

총알조차 소멸시키는 불길. 그의 몸은 한순간에 재조차 남기지 않고 불타 버릴 것이 분명했다. 그런데

불길이 그를 덮치려는 순간 갑자기 허공이 일렁이는 듯하더니 흐릿한 잔영이 그를 낚아채 갔다.

—……!

화르륵!

불길은 진열장과 전시대를 덮쳤고 일순간에 총과 탄환을 태웠지만 그곳에 사내는 없었다.

—이게 무슨 짓이더냐!

그녀가 몸을 돌리니 그곳에는 계정이 늙은 사내의 목을 붙잡고 서 있었다.

"오오! 별거 아닙니다. 그냥 죽이기엔 좀 아까워서 말이죠."

—어리석구나. 그 남자는 늙어서 네 인류 재건 계획에 그 어떤 도움도 되지 않는다. 그런데 어찌 내 일을 방해했느냐?

그녀의 몸 주위에는 여전히 불길이 일렁이고 있었다.

"오오! 당연하지요. 하지만 늙었어도 일단 그의 피는 그 혈관을 힘차게 돌고 있잖습니까."

"놔, 놔!"

사내는 자신의 목을 잡고 있는 계정의 손을 뿌리치려 했지만 그럴 수가 없었다. 늙은 사내가 뱀파이어 로드의 악력을 당할 수 있을 리가 없었다.

"오! 이 눈을 보십시오."

그의 눈동자에는 죽음에 대한 공포와 현 상황에 의한 혼란, 그리고 스스로의 신앙에 대한 의심이 가득했다.

"전 이 눈동자를 좋아하지요. 특히나 조금 전까지만 해도 스스로 안전하다고 믿었던 자의 눈이 공포를 물드는 건 특히나 더 좋아하지요."

계정은 사내가 움직이지 못하게 단단히 잡고 있었지만 정작 사내의 몸에는 작은 생채기 하나 나 있지 않았다. 마치 포장이 뜯어지지 않게 조심하고 있는 것처럼 말이다.

"한동안은 결코 이 눈동자를 못 볼 줄 알았지요."

계정은 사내의 눈동자를 한참을 바라보더니 이내 뒤쪽으로 고개를 돌렸다.

거기에는 남아 있던 뱀파이어들이 허공에 잔영을 만들며 하나둘 도착하고 있었다.

"모두 때 맞춰 왔구나."

그는 아라디아를 보며 익살스런 표정을 지어 보였다.

"어차피 죽일 거라면 태워 죽이는 것보단 더 효율적이어야 되지 않겠습니까?"

계정의 그 말에 아라디아는 마지못해 고개를 끄덕였다.

—……좋다. 마음대로 하거라.

그녀의 그 말이 떨어지고, 마지막 뱀파이어가 도착한 순간. 진강은 사내를 그대로 뱀파이어들을 향해 던져 버렸다.

"마음껏 마셔라. 그다지 좋은 품질은 아니지만 그래도 가끔은 따뜻한 걸 먹어 줘야지."

계정의 그 말에 뱀파이어들의 눈빛이 변했다. 그들은 그 즉시 송곳니를 드러내고는 사내의 몸 곳곳에 꽂아 넣었다.

—…….

그 모습에 아라디아, 아니, 주선의 몸이 잠시 휘청였다. 불길은 약해졌고 후광 또한 사라져 갔다.

그녀에게 자신이 죽은 이후의 기억 같은 건 없었지만 그녀의 몸과 그때를 아는 아라디아의 정신이 눈앞 광경에 동요한 것이다.

"……."

주선은 어지럼증과 메스꺼움에 고개를 돌리려 했다. 하지만 곧 그녀 자신의 코에 와 닿은 피 냄새에 그럴 수가 없었다.

그녀는 자기도 모르게 송곳니를 드러낸 채 피를 빨리고 있는 사내와 다른 뱀파이어들의 모습을 넋을 잃고 바라보고 있었다.

그리고 그런 주선의 모습에 계정은 부드럽게 말했다.

"참가하고 싶다면 참가해도 좋다. 너 또한 우리의 동족이니."

그녀는 필사적으로 고개를 저었다. 물론 그녀 또한 피는 이미 혈액 보관소에서 충분히 마셨다. 하지만 그것만으로 그 본성을 누르기는 힘들었다.

"아라디아시여!"

—우, 우리는 먼저 돌아가도록 하지!

보랏빛 불길이 다시 치솟아 오르더니, 주선은 반대쪽으로 달리기 시작했다. 아라디아의 힘으로 간신히 본능을 억누른 거였다.

"훗."

그리고 그 모습을 바라보며 계정은 비릿한 미소를 지

었다.

처음부터 계정에게는 아라디아의 추종자를 모아 그녀의 힘을 늘려 줄 생각 따위는 없었다. 지금은 그 자신이 조금 더 강했지만 그녀의 말처럼 추종자가 늘어난다면 어떻게 될지 장담할 수는 없었다.

그는 이 불편한 관계 속에서 언제나 우위에 있어야 했다.

그리고 방금 전 행동은 바로 그것을 각인시킨 거였다.

하찮은 암시나 최면이 아닌 보다 확실한 육체적인 반응으로 그 자신이 우위에 있음을 그녀에게 각인시킨 거였다.

"다 먹었으면 돌아가자. 가는 길에 씻기도 하고, 또 음식과 물도 챙겨야 하니까."

뱀파이어들은 마지막 한 모금마저 빨아들이고는 천천히 몸을 일으켰다.

*　　*　　*

"훈구루이 무구루우나후 크툴후 르 리에 우가후나구루 후타군. 훈구루이 무구루우나후 크툴후 르 리에……."

오십여 명 정도 들어올 수 있는 작은 교회.

그곳에 모인 사람들은 그 뜻 모를 언어를 중얼거렸다.

단 위에는 마치 문어의 촉수처럼 일그러지고 기울어진 십자가가 모셔져 있었다.

그 괴상한 십자가에는 마치 문어의 다리처럼 크고 작은 빨판들이 돋아나 있었고 그 교차점에는 인간의 것이 아닌 듯한 불길한 눈동자가 새겨져 있었다.

미국 메사추세츠의 인스머스라는 옛 항구도시. 그곳 작은 교회는 이미 백여 년 전부터 그들 조상들이 유럽에서 믿어 왔던 신이 아닌 다른 신을 위한 장소로 변해 있었다.

"훈구루이 무구루우나후……!"

단 앞에는 사제로 보이는 사내가 검은색 로브와 그 불길한 모양의 모자를 쓴 채 두 팔을 펼쳐 소리치고 있었다.

그들의 종파는 데이곤 밀교. 그리고 그들 신의 이름은 데이곤. 하늘이 아닌 바다에서 온 자였다.

"훈구루이 무구루우나후……."

교회 안에 있는 사람들의 모습은 죄다 괴상했다.

그들은 누구 하나 할 것 없이 눈을 깜박이지 않았고,

목 주변에는 깊이 패인 듯한 주름이 나 있었다. 그리고 그들이 목소리를 드높일 때마다, 그 주름은 벌어지며 붉은 속내를 보이고 있었다.

또한 몇몇은 그 팔이나 다리를 붕대로 감싼 채 목발이나 휠체어를 타고 있었는데 그들의 눈은 너 나 할 것 없이 지나치게 튀어나와 마치 물고기와 같이 보였다.

"훈구루이 무구루우나후 크툴후 르 리에……."

그러나 그런 괴상한 자들 사이에 낯선 무리도 섞여 있었다.

덩치 큰 두 명의 흑인과 영화배우를 떠올리게 만들 만큼 아름다운 두 남녀, 그리고 전통복을 차려입은 인도 꼬마. 이 다섯명이 그들이었다.

그들은 누가 봐도 외부인이었다. 그들은 교회의 다른 이들과는 확연히 다른 모습이었다. 그들에게는 괴상해 보이는 주름도, 지나치게 양쪽으로 튀어나온 눈도 없었다.

그들은 비록 더 험상궂고, 잘생기고, 아름답고 신비롭기는 했지만 어디까지나 보통 사람의 모습이었다.

"훈구루이 무구루우나후……."

그들은 마을 사람들과는 어느 정도 떨어진 곳에 자기

들끼리 모여 앉아 있었는데, 조금 어색하긴 했지만 다른 이들과 속도를 맞춰 같은 것을 중얼거리고 있었다.

"훈구루이……."

그리고 그것은 한참을 더 이어졌다.

오전 7시에 시작된 이 기괴한 미사는 10시 정각이 되어서야 끝났고, 마을 사람들은 단 앞으로 걸어가 사제와 기괴한 십자가에 입을 맞췄고 그것이 끝난 뒤에는 그 앞에 엎드려 일어나지 않았다.

"가시죠."

그리고 그 모습을 잠시 지켜보고 있던 다섯 사람은, 금발의 남성의 말에 천천히 자리에서 일어나 교회를 빠져나갔다.

"훈구루이……."

교회 밖에는 안쪽보다 더 많은 사람이 바닥에 꿇어앉아 조금 전 그 알 수 없는 말들을 중얼거리고 있었다.

"……."

다섯 명은 서로를 바라보더니 이내 조심스럽게 그 사람들 사이를 빠져나왔다. 그리고 그들은 건너편에 있는 호텔로 걸음을 옮겼다.

그들은 이 인스머스의 주민이 아니었다. 그들은 단지

어떠한 목적 때문에 이곳 주민들에게 협조하고 있을 뿐이었다.

"……."

호텔에 들어와서도 그들은 서로에게 아무런 말도 하지 않았다. 그들은 자신들을 보고도 못 본 척 시선을 피하고 있는 불친절한 직원을 그대로 지나쳐, 하나밖에 없는 엘리베이터 앞에 섰다.

두 명의 흑인이 먼저 엘리베이터를 탔고, 엘리베이터는 꼭대기 층인 5층으로 올라갔다. 그리고 잠시 뒤 엘리베이터가 돌아왔을 때, 인도인 꼬마를 마지막으로 다른 세 명도 엘리베이터를 타고 5층으로 향했다.

그리고 그들 다섯 명이 모두 5층에 도착했을 때, 그들은 참았던 숨을 내쉬었다.

"푸하!"

먼저 금발의 남성이 크게 숨을 내쉬었고

"정말 고약하군!"

"저 비린내. 아무리 맡아도 익숙해지지 않아."

두 흑인이 소리쳤다.

"참기 어려웠어요."

그리고 갈색머리의 여인이 작은 목소리로 조심스럽게

토로했고

"끔찍해."

마지막으로 인도인 꼬마가 짧지만 강하게 던졌다.

그들은 저마다 아까와는 비교할 수 없을 정도로 깊게 숨을 들이쉬고 있었고, 그 입에서는 계속해서 참고 있던 불만이 터져 나왔다.

다만 그때마다 언제나 인도인 꼬마가 말을 하는 것은 다른 이들이 모두 한마디씩 끝낸 뒤인 마지막 순서였다.

"그래도 어쩔 수 없습니다. 애초에 계약에 포함된 거니까요. '부활의 의식에는 언제나 꼭 참석해야 한다.' 본부에서 신신당부했으니까요."

금발의 남성이 그렇게 말했다.

하지만 그렇게 말하는 그조차도 정작 숨소리는 거칠었다.

"하지만 알베르트, 이건 정말 너무 심하다고. 숨도 제대로 못 쉬는 상황에서 3시간이나 똑같은 걸 반복해서 외워야 하다니."

흑인들 중 조금 더 마른 쪽이 금발의 남성을 향해 그렇게 중얼거렸다.

"저도 압니다, 버닝핸드. 저도 똑같이 하고 있으니까요. 하지만 저도 그저 참으라는 말밖에 드릴 수 있는 말이 없습니다."

알베르트의 그 말에 또 다른 흑인 사내는 분노를 가득 담아 혀를 찼다.

"쯧!"

"참아 주십시오, 베놈. 이리나 양과 모한다스도 참고 있지 않습니까."

알베르트는 여인과 인도 소년을 번갈아 바라보며 그렇게 답했다.

그의 눈동자에는 미안함이 가득했다.

"알고 있다고. 메이저 세 분께서도 참고 있는데 코트인 우리 둘이야 당연히 참아야지."

베놈이라 불린 흑인 사내의 말투는 다분히 비꼬는 느낌이 강했다.

"다만 우리 아르카나가 언제부터 이런 신세가 된 건가 슬플 뿐이라고."

아르카나.

Arcana. 아르카나 혹은 알카나. Arcanum의 복수형으로 본래 숨겨진 지식이나 미스테리, 또는 거대한 비밀이란 뜻을 가지는 이 단어는 신비주의자들 사이에서는 진리를 대체하는 단어로, 그리고 타로에서는 카드에 담기는 신비로서 카드들 그 자체를 뜻한다.

실제 조금 전 메이저나 코트 또한 각각의 타로카드를 의미하는 단어들이었다.

하지만 지금은 단지 그런 뜻만은 아니었다.

"일단 들어가도록 하죠."

그들은 다시 걸음은 옮겨 왼쪽 방으로 걸음을 옮겼다.

엘리베이터에서 내려 왼쪽 가장 첫 번째 방. 그 문을 열자 방 한쪽 벽면을 덮은 거대한 붉은색 천에 수많은 작은 주술 문자들로 그려진 육망성이 새겨져 있는 게 보였다. 그 육망성 중심에는 호루스의 눈이 새겨져 있었는데 그것은 20세기 최고의 마술사 크라울리의 상징이었다.

알레이스터 크라울리.

그는 20세기 최고의 마술사라고도 불리는 자로 그 이름에 걸맞은 많은 신기한 일화들이 존재했다.

그중 하나는 살인과 악마 숭배의 혐의로 기소된 그가 재판장에서 '나는 악마(혹은 신)는 불러냈지만 살인은 하지 않았다' 라고 증언한 것으로, 물론 결국 이 재판에서 패소하여 국가에서 주는 보조금이나 받아 생활하는 하층 계급으로 전락해 버리긴 했지만 그가 당시 자신의 힘과 신념에 얼마나 자부심이 높았는지 잘 알 수 있는 일화였다.

또한 이집트의 태양신인 라의 아들 호루스 신의 상징인 '호루스의 눈'이 어째서 그의 상징이 되었는가에 대한 일화도 신비롭다.

그가 신혼여행으로 이집트에 갔을 때, 그때까지만 해도 신비주의에는 관심도 지식도 없던 그의 아내가 어느 날 갑자기 '호루스 신이 당신을 찾는다.'라고 그에게 말한다. 그는 놀라면서도 곧바로 당시 호루스 신의 석상이 모셔져 있는 이집트 박물관으로 향했고 호루스 석상 앞에 섰을 때 그는 경이를 느꼈다.

호루스 석상의 박물관 소장 번호가 정확히 666이었던 것이다.

666.

악마의 숫자로 알려진 이것은 과거 그가 어릴 적, 청교도였던 어머니의 신앙을 비웃으며 곧잘 사용했던 그 자신의 상징이었다. 그는 그것을 계시로 여겼고 이후 더 더욱 신비주의에 몰두하게 된다.

이후 이것으로 사타니스트(악마 숭배자)들에게 크라울리는 사타니즘의 가장 중요한 선구자들 중 하나로 다뤄지게 되었다.

상징 앞에는 붉은색 제단이 세워져 있었고 제단 위에는 황금빛 메노라 두 개가 거꾸로 서 있었다. 원래는 땅으로 향해야 할 받침대 부분은 위로 향해 있었고, 바로 그곳에 커다란 붉은 양초 두 개가 올려져 있었다.

일제히 그 앞에 무릎을 꿇으며 자신의 오른손을 왼쪽 어깨 위에 올려놓았다.

알베르트의 손짓과 함께 어느새 초에는 불이 붙어 있었다.

"……."

그들은 언제나처럼 눈을 감았다.

조금 전 교회에서와는 달리 침묵 속에서 경건한 기도가 이어졌다.

하지만 그들 기도의 대상은 크라울리가 아니었다. 크라울리에 대한 것은 단순한 선지자에 대한 예. 그들이 하는 기도는 바로 그 자신들의 것. 이름이 있든 없든. 실체가 있든 없든. 신이든 자신이든. 바로 그렇기에 그들은 침묵의 기도를 올리는 거였다.

"……."

먼저 기도를 끝낸 이들은 손을 어깨에서 내려놓고는 조용히 다른 이들을 기다렸다. 그리고 마침내 모두의 손이 어깨에서 내려갔다. 그들은 모두 자리에서 일어났고 언제나처럼 알베르트의 가벼운 손짓에 촛불들은 꺼졌다.

"아르카나의 이상을 위해."

"아르카나의 이상을 위해."

"아르카나의 이상을 위해."

"아르카나의 이상을 위해."

알베르트의 선창에 다른 이들이 따랐다.

그리고 어째서인지는 몰라도 이번에도 모한다스가 가장 마지막으로 따랐다.

"아르카나의 이상을 위해."

그들은 그것을 마지막으로 각자의 방으로 돌아갔다.

* * *

"도착했습니다."

해가 거의 져 갈 때, 진강 일행을 태운 버스는 마을 입구로 돌아올 수 있었다.

"자, 그럼……."

성은은 언제나처럼 버스 문을 열려고 했다. 그런데

"잠깐만 기다리십시오."

진강이 그런 그를 막았다.

"……?"

성은이 의아해 돌아보자 진강은 자리에서 일어나 앞유리에 바짝 붙었다. 그리고는 앞쪽에 보이는 그 쇠말뚝을 향해 손을 뻗었다.

처음에는 아무 변화도 없었다. 하지만 잠시 뒤 사람들은 뭔가 버스 앞유리 앞에 떠 있는 것을 보았다. 그것은 바로 땅에 박혀 있던 철기둥이었다.

밖으로 드러나 있던 것은 고작 어린아이 키 정도였지만, 땅에서 꺼내 보니 거의 2미터에 달하는 기둥이었다.

"이제 그냥 가시면 됩니다."

철기둥을 그대로 저쪽 논으로 던져 버린 진강은 성은을 보며 그렇게 말했다.

"아, 예. 알겠습니다."

성은은 진강의 말대로 버스를 마을 안쪽까지 몰고 갔다.

원래는 제대로 된 도로였다 보니 버스가 지나가는데

무리는 없었다.

"……."

인수는 뒤를 돌아보았다. 사람들은 어째서 진강이 진작 기둥을 뽑지 않았느냐에 대해 굳이 궁금해 하지 않았다.

그들은 그저 반지 덕분이라고 막연히 추측하고 있었다. 하지만 그가 눈여겨보는 것은 그런 당연한 반응들이 아니었다. 지금까지 없었던 반지를 얻게 되고부터 안 하던 행동을 한다. 당연히 반지 덕분이 아닌가. 지금 인수가 살피고 있는 것은 새로 합류한 재원의 모습이었다.

"……."

재원은 특별히 놀랐다거나 궁금해 하는 기색을 보이지 않았다. 그 점이 이상했다. 물론 이미 진강의 힘을 보기는 했겠지만 그렇다 쳐도 지금 그의 표정은 지나치게 담담했다. 몇 번이나 그 힘을 직접 보았고 그 비밀까지 듣게 된 자신조차 놀라운데 방금 막 합류한 그가 아무런 흥미도 가지지 않는다는 게 인수로서는 이상했다.

"……."

인수는 옆자리에 앉아 있는 진강을 바라보았다. 집안에서 무슨 일이 있었던 게 틀림없었다.

"저……."

인수는 용기를 내 진강에게 묻기로 마음먹었다. 그런데.

"오오?!"

갑자기 재원이 목소리를 높였다.

"어딘가 했더니 주동리였군요! 보조금 때문에 입구에 말뚝을 박고 주민들 전용으로 백화점을 지어 놓았다는 그 마을! 인터넷에서 본 적이 있었는데……."

재원은 잔뜩 흥분해서는 앞쪽까지 걸어 나왔다.

"그렇군요! 이런 데가 있었군요! 이런 데로 오면 되는 거였어요!"

그는 마치 타임머신이라도 본 것처럼 진심으로 감탄하고 있었다.

"……."

그리고 그런 재원에 모습에 인수는 질문하려던 것을 그만두었다.

'하긴. 저런 007가방을 들고 다니는 사람이지. 그냥 현실 감각이 조금 남달랐던 건지도 몰라.'

인수는 스스로의 그 생각에 고개를 끄덕였다.

'그래. 남들에게 아무리 놀라운 일이라도, 무감각하게

받아들이는 사람은 있는 법이지. 그래. 내 비약이 지나쳤나 보군.'

인수는 그저 어제 있었던 일 때문에 신경이 예민했던 거라 생각하며 입을 다물었다. 확실히 그 자신이 동요했고, 여전히 동요하고 있다는 점은 그 스스로가 잘 알고 있었다.

버스는 건물 앞에 도착했다. 사람들은 버스에서 내렸다. 성진과 정진은 새로 합류한 재원을 안내했고 나머지 사람들은 올라가 저녁 준비를 시작했다.

"오늘 저녁은 어떻게 하실 생각이십니까?"

물론 진강은 조금 달랐다.

"오늘도 따로 드실 겁니까?"

인수의 물음에 진강은 잠시 생각하는 듯하더니 이내 고개를 끄덕였다.

"따로 할 일이 좀 있군요."

진강의 답에 인수는 그 일이 무엇인지 궁금해졌다. 그가 따로 해야 하는 일이 뭔지 그로서는 짐작하기 어려웠다. 지금까지야 경면주사를 삼키는 걸로 스스로의 의지를 잡고 있었다지만, 반지가 정말로 효과가 있다면 이제 그런 일은 할 필요가 없을 터. 거기다 그저 사람들을 배

려한다고 보기도 힘들었다.

인수는 진강에게 물어볼까 심각하게 고민했다. 하지만 방금 전, 그리고 대부분의 언제나와 마찬가지로 인수는 그냥 관뒀다.

그는 신, 혹은 그에 가장 가까운 자. 굳이 그 자신이 그에 대한 모든 걸 알 필요는 없었다.

그것은 곧 자만을 부를 것이고, 그렇게 되면 그 스스로가 그 자신의 이상을 가로막는 가장 큰 장애물이 될 것임을 그는 잘 알고 있었다.

"알겠습니다."

진강은 5층으로 향했다. 그는 사무실로 들어가 언제나처럼 가부좌를 틀고 앉았다.

"훈구루이 무구……."

그리고 그는 다시 그 음산한 중얼거림을 시작했다. 그의 눈동자는 검게 물들어 갔고 검은 연기가 그의 몸을 감싸 갔다.

8

네크로노미콘

"훈구루이 무구루우나후 크툴후 르 리에 우가후……."

4층에서 다른 사람들이 저녁 식사를 끝내고, 또 그들이 잠자리에 누워 꿈속에 빠질 때까지 진강은 그 음산한 중얼거림을 계속하고 있었다.

그리고 그것은 계속해서 이어져 달이 점점 그 위광을 잃어 가고 밤의 어둠이 여명을 기다리며 짙어져 갈 때쯤이 되어서야 진강은 문을 뜨고 그 중얼거림을 멈췄다.

"……."

그의 몸에서 피어오르던 검은 연기가 멎고 그 눈동자

에서 어둠이 사라지자 그 안에는 피곤함이 담겨 있었다.

"무리한 감이 없지 않군."

진강은 자신의 반지를 내려다보았다. 부담이 없다 보니 너무 오래한 감이 있었다.

"다음부터는 좀 더 계획적으로……."

진강은 천천히 자리에서 일어났다. 오랫동안 가부좌를 틀고 앉아 있었음에도 그 움직임에는 조금의 불편함도 없었다.

"흐음……."

그는 낮은 숨소리와 함께 소파에 누웠다. 주변에 들려오는 것이라고는 자신의 숨소리밖에 없었다. 진강은 천천히 잠에 들었다.

진강은 자신이 별들 사이에 떠 있다는 점을 알아차렸다.

—꿈?

분명 이것은 꿈이었다. 진강은 그렇게 생각했다. 저 멀리 붉은 별이 보였다. 그것은 안타레스. 전갈좌에서 가장 빛나는 별로 전갈의 심장이었다.

—…….

진강은 다시 시선을 옮겼다. 저 멀리에는 명왕성이 보였다. 진강은 명왕성에서 눈을 떼지 못했다. 한때 그는 저 명왕성에 있었다. 명왕성의 그림자 속에 누워 태양계 행성들의 움직임을 감상했었다.

—……음?

그런데 뭔가 기묘한 기분이 들었다.

—이건……?

미미하긴 했지만 뭔가가 그를 끌어당기고 있는 느낌이었다.

—흐음…….

진강은 그 이끌림에 따라 몸을 움직였다. 조용한 어둠 속에서 별들의 신비로움이 그의 곁을 스쳐 지나갔다. 저 멀리 보이는 태양은 밝게 빛나고 있었고 거대한 침묵은 그를 포근히 감싸 안았다.

—후우.

그는 꽤 빠른 속도로 움직이고 있었지만, 풍경은 그리 크게 변하지 않았다. 별들과 침묵, 태양. 그것들만이 계속해서 그의 주변에 있었다.

그는 기분 좋은 얼굴로 그것을 즐겼다. 이끌림에 따르는 것도 조용한 침묵도 빛나는 별들과 태양도 그 모든 것이 그를 즐겁게 만들었다.

—명왕성. 아니, 유고스. 오! 그립구나.

그는 잠시 멈춰 서서는 명왕성을 바라보다 이내 다시 그 이끌림에 따랐다. 그는 다른 별들을 지났다.

—오오. 누가 이 별을 아름답다고 했더냐.

그는 어느새 지구에 도착했다. 그는 지구를 내려다보고 있었다. 그를 이끌고 있는 것은 지구에 있었다.

—우주적 다이빙이구나.

그는 지구로 활강했다. 대기권도 마찰열도 그런 것은 아무런 의미도 없었다. 그가 향한 곳은 한국이었다. 이왕이라면 유럽이나 북극, 또는 태평양 한가운데로 가고 싶은 마음도 있었지만 이 기묘한 이끌림은 그를 한국으로 향하게 만들었다.

—…….

그는 동해 쪽으로 살짝 기운 몸을 다시 틀었다. 이미 더 이상 태양은 보이지 않았다. 그의 눈에 도시들이 보였다. 도시는 어둠 속에 있었다. 미약한 불빛들만이 반짝이고 있을 뿐, 도시는 암흑 속에 있었다.

—이거…… 확실히 꿈인가?

진강은 뭔가 이상한 점을 깨달았다. 확실히 현실감은

떨어졌다. 그는 별들 사이에 있었고 몽롱한 의식 속에서 맨몸으로 우주를 날았다. 꿈이란 거 말고는 제대로 된 설명은 없었다. 하지만 그렇다고만 하기엔 이 모든 것이 너무 정확했다. 세상이 끝날 때 한국은 낮이었다.

불을 켜 놓는 곳은 적었고, 이후 전봇대가 넘어진다거나 배선이 끊겨 켜져 있던 불들도 거의 꺼져 버렸을 터였다. 그러니 이 야경은 확실히 종말 이후의 것과 일치할 터였다.

하지만 진강은 종말 이후에 도시의 야경을 본 적도 없었고, 이런 높이에서는 더더욱 본 적이 없었다. 만일 이 모든 것이 단순한 꿈이고 그의 기억과 의식이 만들어 낸 환상이라면 이토록 정확할 수는 없었다.

—…….

그는 고개를 저었다. 아무리 생각해도 답은 나오지 않았다. 그는 잠시 그 생각을 덮어두고 이끌림을 따르기로 했다. 그는 내려갔다. 그 이끌림은 그를 지하로 향하게 했다.

그는 빌딩들 사이를 지나 한 건물 앞에 섰다. 간판도 없고, 낡은 건물이었지만 일단은 서점으로 보였다.

셔터는 내려가 있었고 유리창은 거의 다 깨져 있었다.

책이 가득 꽂힌 책장들이 넘어진 채 바리케이트처럼 문과 창을 막고 있었다.

—…….

진강은 막힌 입구 쪽으로 걸음을 옮겼다. 그의 몸은 막고 있던 책 더미들을 그대로 통과했다. 그 또한 그렇게 될 줄 알았던 것은 아니었지만 놀라는 기색은 보이지 않았다. 그는 그다지 개의치 않으며 안쪽으로 들어갔다.

—이쪽인가?

그는 아래로 향하는 계단을 찾아냈다.

"……이그나이. 이그나이. 트플트칸가……."

계단에 가까이 다가서자 아래에서부터 어떤 남자의 중얼거림이 들려왔다.

—……!

진강의 표정이 굳어졌다. 그는 그 중얼거림이 무엇인지 알고 있었다.

진강은 안쪽으로 달려들어 갔다. 열 개 정도 되는 계단을 지나가자 붉은색 철문이 보였다. 진강은 그대로 그 철문으로 달려갔다.

"이그나이. 이그나이. 트플트칸가 요그 쇼토스……!"

그 안에는 어떤 소년이 낡고 두꺼운 책 한 권을 펼쳐

놓은 채 그 앞에 엎드려 있었다.

—네크로노미콘!

그 낡은 책, 아니, 정확히는 그 책에 새겨져 있는 괴상한 문장을 본 진강은 그렇게 외쳤다. 그의 표정은 당혹감과 분노, 그리고 두려움으로 물들어 있었다.

"이그나이. 이그나이……."

—당장 닥치지 못해!

그는 이상한 언어를 중얼거리고 있는 소년을 향해 몸을 날렸다. 그의 손은 어느새 이타콰 때와 마찬가지로 날카로운 세 개의 손을 가진 괴기스런 팔로 변해 있었고 그 칼날 같은 손가락들은 소년의 머리를 정확히 노렸다.

"……!"

진강은 사무실 소파에서 눈을 떴다. 그의 오른손은 소년의 머리가 아닌 허공을 향하고 있었고, 칼날 같은 세 개의 손가락이 아닌 다섯 개의 손가락을 가진 사람의 것이었다.

"꾸, 꿈……?"

진강은 소파에서 일어났다. 아직도 몸에 남아 있는 기묘한 감각. 그는 고개를 저었다.

"아니. 꿈이 아니야."

꿈이 아니었다. 그 주문. 그 광경. 그 소년과 그 책. 그것은 현실이었다.

"설마 아직도 남아 있었을 줄이야!"

네크로노미콘.

그것은 서기 700년 경, 옴미아드 칼리프의 통치 시기 예멘의 사나에서 전성기를 누렸다는 미친 시인 압둘 알하즈레드가 집필한 [알 아지프]의 번역서였다.

아지프란 악마의 울부짖음을 암시하는 한밤의 소리라는 뜻의 아라비아어다.

바빌론의 폐허와 멤피스의 비밀 동굴을 방문했다는 압둘 알하즈레드는 아라비아 남부의 사막, 악령의 수호자와 죽음의 괴물들이 살았다고 하는 진홍의 사막에서 10년을 보내며 이 책을 집필했는데, 12세기 전기 작가 이븐 칼리칸에 따르면 알 아지프의 집필을 끝마치고 다마스쿠스로 돌아온 그는 마치 대중 앞에서 교수형을 당하듯 수많은 사람들 앞에서 보이지 않는 괴물에게 끔찍하게 잡아먹혔다고 한다.

알 아지프는 그의 충실한 시종의 손에 들어가게 되는데 시종은 책에는 손도 대지 않고는 당시 유학을 와 있던 그리스 철학자에게 동전 두 닢을 받고 헐값에 팔아 버렸다.

이후 알 아지프는 단지 몇몇 문장들과 단어들만이 몇몇 철학자와 시인, 마술사들 사이에서 은밀히 전해져 오다 950년경 가문의 낡은 창고에서 원서를 발견하게 된 콘스탄티노플의 테오도루스 필레타스에 의해 그리스어로 완벽하게 번역되었다.

하지만 이후 백여 년 동안 그리스와 유럽 각지에서 보이지 않는 괴물에 의한 살해가 계속해서 이어지자, 미카엘 대주교는 이 책을 금서로 정하고 불태워 버렸다.

알 아지프가 네크로노미콘이라는 이름으로 다시 세상에 나온 것은 그로부터 몇 백 년이나 지난 1228년이었다.

올라우스 워미우스가 라틴어로 적은 이 책은 당시 유일하게 남아 있던 것으로 추정되는 마지막 알 아지프 필사본을 라틴어로 번역한 것으로, 또다시 몇 십 년 후 이내 몇몇 마술사와 금기를 탐하던 사제들에 의해 일부 챕터들이 영문으로 번역되어 민간에 나돌게 된다.

하지만 마지막 알 아지프 필사본은 1303년 교회 십

자가 아래에서 불타 사라졌고, 워미우스의 네크로노미콘 또한 1310년 프랑스 귀족 가문의 맏아들이 그 책을 읽다가 보이지 않는 괴물에게 잡아먹혔다는 기록을 마지막으로 역사에서 사라졌다.

현재 알 아지프나 네크로노미콘은 완전히 소실되어 그 제목만이 역사에 남아 있을 뿐이며, 그나마 민간에 나돌았다는 영문 번역들이 오래된 수도원 도서관이나 귀족 저택 창고에서 발견되기도 하지만 그 대부분은 1300년대 이후, 단순히 돈을 노리고 만들어진 조잡한 위서이거나 그 이전 것이라고는 해도 그 내용들이 연관성이라고는 없이 서로 너무 제각각이라 진위를 판명할 수 없는 것들뿐이었다.

특히나 1250년 이전 번역서들은 그 대부분이, 번역이라고는 해도 그저 발음을 그대로 영어로 옮겨 놓은 것에 불과했고 그러한 발음은 그 어떤 문화권의 언어와도 달랐다.

그래서 몇몇 학자들은 네크로노미콘이나 압둘 알하즈레드가 단지 가공의 인물일 거라는 주장하기도 한다.

보이지 않는 괴물에게 먹혔다거나 하는 역사적 기록들이 실제로는 정치적 암투를 감추기 위한 교묘한 술수라고 말이다.

그 주장은 꽤나 신빙성이 있었다.

아마 연대도 내용도 제각각인 그 영문 번역들 속에도 몇 가지 공통적으로 반복되는 단어들이 존재하지 않았다면 그 주장은 확실히 정설이 되었을 게 분명했다.

그 주장이 정설이 되지 못하게 만든 단어들은 바로 요그 쇼토스와 크툴후, 그리고 나알라호텝이었다.

"제길!"

진강은 급히 밑으로 향했다. 그리고는 4층 강좌실 문을 열었다. 사람들은 모두 잠이 들어 있었지만, 그에게 그런 건 중요하지 않았다.

탁.

그가 스위치를 누르자 어두운 강좌실에 불이 켜졌다. 사람들 중 몇몇이 갑작스런 불빛에 눈을 떴고 그런 그들이 내는 소리에 다른 사람들이 깨어났다.

"무, 무슨……?"

"으, 으음……?!"

사람들은 잠에서 덜 깬 채 주변을 두리번거렸다. 하지만 진강은 그런 그들을 신경 쓰지 않았다. 그는 사람들 사이에서 눈을 비비고 있는 성은을 찾아내더니 이내 손을 뻗었다.

"……?!"

성은의 몸은 두둥실 떠올랐고, 이내 진강을 향해 날아왔다.

"진강 씨?!"

"무슨 일이십니까?"

인수와 사람들이 물었지만 진강은 대답하지 않았다.

가까이 날아온 성은을 다시 내려놓은 진강은 굳은 얼굴로 그에게 말했다.

"운전을 부탁드립니다."

"예?!"

"급하게 가야 될 데가 있으니 운전을 부탁드립니다. 열쇠는 가지고 계십니까?"

성은은 무슨 일인지 묻고 싶었지만 진강의 표정이 심상치 않아 그냥 고개를 끄덕였다.

진강은 그 모습에 옆에 있던 스위치를 다시 끄더니 먼저 강좌실 문을 나섰다.

"자, 잠깐……?!"

성은은 급히 그의 뒤를 따라 나갔다.

"……?!"

남겨진 사람들은 황당한 얼굴로 문 쪽을 바라보고 있었다.

"이거 꿈이야?"

"몰라……."

"이상한 꿈도 다 있군……."

몇몇 이들은 방금 전 상황이 꿈인지 생시인지도 판단하기 어려운 듯 그렇게 중얼거리고 있었다.

몇몇 사람들은 곧 다시 잠에 들었다.

"……!"

다만 인수와 성진은 뒤늦게 상황을 파악하고 자리에서 일어나려 했지만, 곧 들려온 버스 시동 소리에 다시 주저앉았다.

"어, 어디로 가면 되는 겁니까?"

운전석에 앉아 눈곱을 떼며 성은이 물었다. 그의 눈에는 아직도 졸음이 가득했지만 진강은 개의치 않았다.

"일단 출발하십시오."

진강은 다급하게 말했다. 성은은 핸들을 돌리며 자신의 귀를 의심했다. 그의 목소리에는 두려움이 담겨 있었다.

"……."

진강은 버스 바닥으로 내려가 가부좌를 틀었다. 그리고 그의 눈동자가 다시 검게 물들고 검은 연기가 그의 몸을 덮어 갔다.

꿀꺽!

성은은 마른침을 삼키며 버스를 몰았다.

그는 우선 마을 밖으로 나갔고 고속도로로 들어갔다. 무슨 일인가 물어보고 싶었지만 진강은 그것을 온몸으로 거부하고 있었다.

"어……."

"남동쪽으로 가 주십시오."

어느 쪽으로 가면 되냐고 물으려던 성은이었지만, 말을 채 꺼내기도 전에 진강은 손가락으로 옆을 가리키며 말했다.

"아, 알겠습니다."

성은은 진강이 가리킨 방향으로 버스를 몰았다.

조금 더 지나자 저 멀리 그들 것과 똑같은 대형 버스가 뒤집어져 도로를 막고 있는 게 보였다.

성은은 본능적으로 속도를 줄이려고 했다. 하지만

"그대로 달리십시오."

진강의 단호한 외침과 함께 뒤집어져 있던 대형버스는 도로 밖으로 날아갔다.

아니, 버스뿐만이 아니었다. 버스의 진로를 방해하는 도로 위에 있는 모든 것이 도로 밖으로 던져졌다.

"최소한 도심 안으로 들어가기 전까지는 전속력으로 달려 주시길 바랍니다."

"예, 예."

성은은 속도를 높였다. 전복될 위험이 있어 위험하긴 했지만, 그만큼 지금 진강의 목소리는 심각했고, 또 무서웠다.

만일 그 말을 따르지 않는다면 자신도 도로 밖으로 던져 버릴 기세였다.

버스는 1시간 후 도시 입구에 도착해서야 속도를 줄일 수 있었다.

그때부터 진강은 자리에서 일어나 어느 쪽으로 가야 할지 손가락으로 가리키기 시작했다. 자리에서 일어나긴 했지만 그의 눈은 여전히 검은빛으로 물들어 있었고 몸에서도 검은 연기가 계속해서 흘러나오고 있었다.

콰콰쾅!

도심이라고 도속도로 때와 크게 다를 바는 없었다. 단지 코너들 때문에 속도를 줄였을 뿐, 버스의 진로를 방해할 만한 것들은 모조리 치워졌다. 워커들은 날아드는 자동차에 깔렸고 대형버스가 박힌 건물 벽은 무너져 내렸다.

"여, 여긴가요?"

진강이 가리킨 건물 앞에 버스를 세우며 성은은 물었다.

끄덕.

진강은 고개를 끄덕였다. 그곳은 조금 전 진강이 꿈에서 보았던 바로 그 낡은 서점이었다.

"……."

진강은 아무런 말없이 문 쪽으로 향했다.

성은은 급히 앞문을 열었고, 진강은 뒤도 돌아보지 않고 서점 쪽으로 걸음을 옮겼다.

화르륵!

진강이 손을 뻗자 내려와 있던 셔터와 문, 그리고 문을 막고 있던 책장과 책들이 한순간에 푸른 불길에 먹혀 사라졌다.

"……."

진강은 서점 안으로 들어갔다. 그리고 조금 더 안으로 들어가자 꿈에서 보았던 계단과 붉은 철문이 보였다.

"이그나이……."

또한 그 알 수 없는 중얼거림도 똑같이 들려왔다.

진강의 표정은 어느새 두려울 정도로 차갑게 변해 있었다.

텅!

진강이 손을 뻗자 붉은 철문이 요란한 소리와 함께 그대로 뒤로 쓰러졌다.

"……."

"뭐, 뭐……?!"

진강이 방 안으로 들어서자 열여섯, 열일곱 정도로 보이는 소년이 무릎을 꿇은 채 그를 올려다보고 있었다. 그가 꿨던 꿈 그대로였다.

"누, 누구십……?"

휙!

진강은 소년을 제대로 보지도 않고 손을 휘둘렀다. 소년은 그대로 벽으로 날아갔고 꽤나 큰소리를 내며 부딪쳤다.

"……."

그러나 진강은 눈길도 주지 않고 그대로 걸음을 옮겼다. 그는 소년이 무릎을 꿇고 있던 장소로 걸어갔고 그 앞에 있는 낡은 책을 집어 들었다.

책 표지에는 영어로 NECRONOMICON이라고 적혀 있었다. 그 모습을 본 진강은 그대로 욕설을 내뱉었다.

"빌어먹을!"

그 목소리는 그의 것이 아니었다. 지금 그의 목소리는 마치 야수의 울부짖음과 같이 사나웠고 당장이라도 영혼을 집어삼킬 듯 압도적이었다.

이타콰의 울부짖음 따위는 그에 비한다면 새끼 고양이의 울음 정도였다.

그 짧은 한마디는 공기를 찢으며 이 방뿐만 아니라 건물 전체에 울려 퍼졌다. 버스에서 그가 말을 하지 않았던 이유가 있었다.

"……."

진강은 네크로노미콘의 책장을 넘겼다.

"대체 어떻게?"

그리고 그의 눈은 경악으로 물들었다.

"제대로 된 번역서가 어떻게 남아 있는 거지?"

광인 압둘 알하즈레드가 찾았다는 바빌론의 폐허와 맴피스의 비밀 동굴, 그리고 진홍의 사막에 남아 있던 것은 과거 잠시 본래의 기억을 되찾았던 때의 자신이 유흥이자 신들에 대한 분풀이로 남겨 놓았던 것들이었다.

세계의 바깥에 있는 절대 심연의 존재와 그 절대 심연 속에 존재하는 절대 암흑신 아자토스. 그리고 수많은 사신들과 다섯 왕에 대한 설명, 그들의 힘을 끌어오는 방법들.

그것은 단지 유흥이었다.

지금과는 달랐지만, 수없이 많은 전생을 겪으며 몇 번 정도는 어느 정도 자신의 정체를 깨닫는 경우가 있었다. 그리고 그는 그때마다 예언자의 모습으로 그 문명들 속으로 스며들어 그들에게 새로운 지식을 가르쳤다.

말 그대로 세상 밖의 지식을 말이다. 그리고 그런 그의 행동 때문에 신들이 분노하고 그 분노의 화살 끝을 그 문명을 이루고 있는 이들에게 향하는 모습을 보는 것을 즐겼다.

기껏 해 봐야 이번 생의 생명을 잃을 뿐임을 알고 있

었으니 말이다.

바빌론, 멤피스, 그리고 진홍의 사막이 아직 푸른 초원이었던 그때와 그 훨씬 전 때도.

인간들은 그가 가르쳐 준 주문과 의식을 따라했고 그 전까지 느껴 본 적 없는 색다른 힘으로 그 몸을 채웠다. 그들은 부를 끌어모았고, 젊음을 되찾고 죽음을 미루기도 했다.

하지만 살아 있는 세상에서 사신들의 힘은 곧 소멸할 뿐만 아니라 강렬한 반발력을 불러왔기에 그들은 자신들이 얻은 행운에 몇 배나 되는 대가를 곧 치러야 했다.

물론 그것과는 또 별개로 신들의 분노 또한 감당해야 했고 말이다.

압둘 알하즈레드와 다른 이들을 잡아먹었다는 보이지 않는 괴물 또한 사실은 신들의 권속이었다.

신들을 모욕하고 사신들에게 무릎 꿇은 죄에 대한 신벌을 집행했던 거였다.

"신들이 분명 모조리 찾아내 없앴을 텐데!"

그의 손에서 푸른 불길이 일더니 네크로노미콘을 재로 만들어 버렸다.

"……."

그는 이제 소년에게로 시선을 옮겼다.

네크로노미콘을 태워 버렸음에도 그의 눈동자에는 분노가 가득했다.

"히익!"

바닥에 쓰러진 채 진강의 행동을 올려다보던 소년은 진강의 검은 눈을 보고는 기겁하며 뒤로 물러섰다.

"네놈……."

진강은 소년을 향해 손을 뻗었다.

"아?! 아아!"

소년의 몸은 갑자기 허공에 떠올랐고, 소년은 비명을 질렀다.

"닥쳐라!"

진강이 또다시 손을 흔들자 소년의 입은 그대로 붙어 버렸다.

"읍읍……!"

입이 붙어 버린 뒤에도 소년은 계속해서 비명을 질러 댔다.

그 자신을 향하고 있는 진강의 살기를 느끼지는 못하고 있겠지만, 그의 몸에서 뿜어져 나오는 무시무시한 검은 연기들은 소년의 눈에도 똑똑히 보이고 있었다.

"네놈, 이 책을 어디서 구한 거냐?"

"읍읍!"

"닥쳐!"

진강은 뻗고 있던 손에 힘을 주었다. 소년의 팔과 다리가 마치 진짜 잡고 있는 듯 심하게 눌려지는 게 눈에 보였다.

"질문이나 비명 따위 듣고 싶은 게 아니야! 풀어 달라는 헛소리나 말을 못한다는 변명도 하지 마라! 네놈은 그저 내 질문에 맞는 답을 머릿속으로 생각만 하면 되는 거야!"

"읍! 읍!"

소년은 온 힘을 다해 알겠다고 생각했다. 그러자 곧 그 팔과 다리를 짓누르는 압력이 사라졌다.

"좋아. 그럼 대답해라. 이 번역서를 어디서 찾았지?"

"읍읍우읍!"

소년은 솔직하게 답했다. 하지만

"우읍!"

소년은 온몸에 전해진 충격에 또다시 비명을 질렀다.

"거짓말하지 말라고 했을 텐데!"

"우우웁웁!"

소년은 필사적으로 몸부림쳤다. 그 눈동자에는 고통과 억울함이 담겨 있었다.

"통신 판매에서 구할 수 있을 리가 없잖아! 제대로 된 영문 번역서 따위는 이 세계에 존재했던 적도 없다! 거기다 하물며 위서조차도 천문학적인 가격으로 거래될 텐데 제대로 된 번역서를 네까짓 꼬마 놈이 구할 수 있을 리가 없잖느냐!"

"우우웁!"

진강의 고함 소리에 소년은 필사적으로 말했다. 그의 눈동자에는 절박함과 공포가 가득했다.

"……."

그리고 그런 소년의 모습에 진강은 손을 내려놓았다.

소년에게 가해지던 고통은 멎었고 붙어 버렸던 입도 다시 원래대로 떨어졌다.

"하아…… 하아…… 대, 대체 누구신데 이러시는 겁니까? 저, 저는 그저……!"

소년은 금방이라도 울음을 터뜨릴 것처럼 울먹이며 말했다.

그의 바지는 어느새 축축하게 젖어 있었다.

"부분적으로 말하자면 그 책의 원작자라고 할 수 있겠지."

여전히 원래의 목소리는 아니었지만 진강의 목소리는 한층 부드러워져 있었다.

"그, 그럼 대체 왜 이러시는 겁니까! 저는 그저 도움이 필요했을 뿐입니다!"

"……."

진강은 그 질문에 선뜻 대답할 수 없었다.

확실히 압둘 알하즈레드가 쓴 알 아지프가 그가 과거에 남겨 놓은 흔적을 참고한 것이라면, 그 제대로 된 번역서가 존재한다고 해서 그가 화낼 이유 따위는 보이지 않았다. 처음부터 그러한 의도로 했던 일이었으니 말이다.

만일 1, 2백년 전이었다면 오히려 기뻐했을 터였다.

하지만 문제는 지금 현재의 상태였다.

"……제대로 된 번역서였으니 이미 읽었을 텐데. 사신(邪神)이라는 단어에 어떤 부분이 이해가 되지 않았던 거냐? 거기 나오는 존재들, 그리고 주문들 중 네게 도움이 되어 줄 만한 건 아무것도 없다. 대신 더한 고통과 절망을 가져올 뿐이지."

"하, 하지만……!"

"닥치고 어디에 주문했었는지나 말해 봐라."

"아, 아르카나라는 단체에서 샀어요. 저희 형이 명예 회원이거든요."

"아르카나?"

타로카드나, 진리라는 의미를 제외하고는 진강으로서도 생소한 이름이었다. 하지만 그게 어떤 단체든 역사상 존재하지도 않았던 영문 번역서, 그것도 제대로 된 것을 일반인에게 팔았고, 그 책값이 얼마였든 네크로노미콘의 위서 한 권이 10년 전 7천만 달러에 팔렸었던 걸 생각한다면 보통 단체는 아니란 건 분명했다.

"예! 뭐 비밀결사 같은 거예요! 원래는 저한테도 말 안 해 줬었지만 어제 형 방에서 관련 문서랑 일기, 회원증 상자를 찾았어요!"

"호오. 그 상자는 지금 어디에 있지?"

"저, 저기요!"

소년은 고개로 방 한쪽 구석을 가리켰다.

확실히 거기에는 한국에서는 보기 힘든 디자인의 나무 상자가 놓여 있었다.

"……."

진강은 그쪽으로 다가가 상자는 살펴보았다.

"호루스의 눈?"

그리고 상자 중앙에 새겨져 있는 호루스의 눈과 그 호루스의 눈을 감싼 육망성을 찾아냈다.

"아니, 크라울리의 상징이군. 이게 왜……."

그는 상자를 열었다. 거기에는 꽤나 많은 서류 뭉치가 있었는데 얼핏 보기에는 서약서와 계율 같았다.

"흐음……."

그는 천천히 서류들을 살펴보려 했다. 그런데

"저, 저 이만 내려 주시면 안 될까요?"

소년의 요청에 진강은 잠시 고민하더니 이내 손을 내저었다. 소년은 그대로 땅으로 떨어졌다.

"아, 아……."

소년은 엉덩방아를 찧었지만 필사적으로 신음 소리를 참았다.

진강의 눈동자는 여전히 검었고 검은 연기도 여전했다. 괜히 엄살피다가 시끄럽다고 다시 허공에 매달릴 수 있었다.

"저, 저 그럼……."

소년은 손가락으로 위층을 가리켰다. 아마도 도망치거

나 아니면 바지를 갈아입으려는 모양이었다.

끄덕.

진강은 고개를 끄덕였다. 그리곤 다시 서류에 집중했다.

타다다닷!

소년은 재빨리 계단을 뛰어올라 갔다.

"……."

진강은 서류를 계속 넘기다가 이내 못 참겠다는 듯 상자 속으로 다시 던져 버렸다.

"제기랄!"

또다시 그 울부짖음이 방 안과 건물을 뒤흔들었다.

"7단계 중에 고작 6단계인 인간이 제대로 된 네크로노미콘 번역본을 살 수 있다고?!"

진강은 손을 뻗었다. 창고로 쓰던 곳이다 보니 여기저기 책들이 쌓여져 있었는데 그것들 중 절반이 푸른 불길에 사라졌다.

"하아, 하아……."

진강은 천천히 심호흡을 하더니 다시 상자 쪽으로 손을 가져갔다.

네크로노미콘 번역서에 대해 그가 이렇게 심각하게 반

응하고 있는 건 고작 그 책이 가지고 있는 힘 때문만은 아니었다.

세상에 종말이 왔고, 사신들이 활동하기 좋아지긴 했지만 사신들을 불러와서 자기 머리를 디저트로 추천하는 건 개인 선택이지 그가 상관할 바가 아니었다.

그가 이토록 신경 쓰고 있는 건 그 주문들이, 당연하게도 나알라호텝의 주술 운영법을 기반으로 변형시킨 거란 점이다.

바로 그 때문에 그런 꿈을 꾼 거였다. 무의식중에 자신과 비슷한 힘에 이끌린 거였다. 반지를 끼고 있어서 다행이지 반지가 없이 조금 더 피곤한 상태로 잠이 들었었다면 나알라호텝이 부활할 가능성도 있던 상황이었다.

거기다 문제는 그뿐만이 아니었다.

"……크투가."

크투가. 어둠에서 온 불길.

그는 나알라호텝, 로이고르와 마찬가지로 다섯 왕들 중 하나로 오래 예전부터 나알라호텝, 즉, 자신과 대립 관계에 있는 사신이었다.

만일 그가 지금 자신이 어디에 있는지 알게 된다면 그

는 당장 이곳으로 날아와 이 육체를 불태워 버릴 것이다. 그리고 그것이 여의치 않는다면 아예 이 지구 자체를 불태워 버릴 것이다.

비록 사신들은 서로의 힘으로는 소멸하지 않는다지만 이 육체가 타 버린다면 그는 영락없이 나알라호텝으로 돌아갈 터였다. 그렇기에 그는 크투가의 눈길을 끌 만한 요소는 어떻게 해서든 피하고 없애야 했다.

지금은 노덴스와 그의 권속인 나이트곤들이 크투가의 눈을 가려 그가 지구에 있다는 걸 감춰 주고 있었지만, 이 네크로노미콘의 주문은 애초부터 그 성격이 다르다.

지금 노덴스와 나이트곤들은 그저 나알라호텝의 기운이 느껴지지 않도록 이 은하계를 막으로 가리고 있었다. 그렇기에 나알라호텝으로서의 힘을 은하계급으로 끌어내지만 않으면 문제는 없었다.

하지만 네크로노미콘의 주문은, 부르는 거였다. 노덴스와 나이트곤들이 크투가의 기감이나 눈을 가릴 수는 있어도, 연결까지 끊을 수는 없었다.

만일 네크로노미콘의 주문이나 주술법을 아는 이들 중 하나가 크투가나 불의 속성에 관한 주문을 외운다면, 그것은 크투가의 핸드폰에 문자를 보내는 것과 같았다.

물론 미미한 진동일 테고 대부분은 스팸 문자라고 무시할 테지만 어느 날 귀를 기울이다 그 자신을 부르는 주문에 나알라호텝과 비슷한 기운이 묻어 있는 점을 알아차린다면 그야말로 끝이었다.

"이 아르카나라는 조직은 어디에 있는 거지?"

그가 아무리 서류들을 뒤져 보아도 본사나 지부 위치에 대한 내용은 없었다.

"하아."

진강은 깊은 한숨을 내쉬었다. 하지만 그 입에서 나오는 짙은 검은 연기에는 분노가 가득했다.

"살아 있는 게 그 형이라면 좋았을 건데."

그는 포기하고 상자를 닫으려 했다. 회원증에조차 제대로 된 정보는 없었다.

"역시 6급은……."

그런데 진강의 눈에 아까 대충 보고 넘겼던 한 장이 눈에 들어왔다. 그것은 혜택에 대한 서류였다.

"……?!"

그리고 진강은 보았다. 6급 회원에게 여러 혜택이 있

긴 했지만, 네크로노미콘 소유와 열람은 4급 이상부터였다.

그리고 6급 회원이 되는 조건은 최소 백만 달러 이상의 기부금을 내거나…….

"……3급 이상 회원의 직계가족이어야 한다?!"

진강은 몸을 돌렸다. 소년이 자신을 속인 거였다.

"이런 빌어먹을!"

진강은 상자를 통째로 태워 버렸다.

"그래. 아무리 그래도 7등급 중 고작 6등급이 네크로노미콘을 가질 수 있을 리가 없지!"

역사에도 없고, 위서조차 7천만 달러인 전설의 마법서 번역본이 4급 이상부터라는 것도 놀랍긴 마찬가지긴 했지만 말이다.

"이 빌어먹을 놈을……!"

진강은 당장 계단 쪽으로 걸음을 옮겼다. 소년의 기척은 더 이상 건물 안에 없었다.

"다행히 면허증은 없었나 보군."

소년의 기척은 고작 몇 백 미터밖에 안 떨어져 있었다.

"……."

진강이 밖으로 나오자 버스에 앉아 있던 성은이 고개를 내밀며 말했다.

"진강 씨! 조금 전 어떤 애가……."

진강은 손가락을 들어 말할 필요가 없다는 걸 표했다. 그리고 다시 몸을 돌리더니 서점 건물을 향해 손가락을 튕겼다.

화르륵!

그리고 지금까지 본 적 없을 정도로 거대한 푸른 불길이 일어서는 그대로 건물을 집어삼켰다.

"……!"

성은은 그 모습을 보며 넋을 잃었다.

그것은 화재가 난 것과는 전혀 달랐다. 연기도 그을음도 없었다.

오직 순수한 불길만이 완벽하게 건물을 덮었고, 건물은 마치 녹아내리듯 사라져 갔다.

"지, 진강 씨……?"

성은은 그제야 정신을 차리고 진강을 불렀지만, 어느새 도로를 지나가고 있는 진강의 뒷모습만이 보일 뿐이었다.

그의 몸에서는 아까와는 비교할 수 없을 정도로 짙은

검은 연기가 뿜어져 나오고 있었다.

그 모습은 마치 어둠을 뿌리고 죽음을 전도하는 마왕의 모습과 같았다.

9

사마엘

"헉, 헉……."

소년은 거친 숨을 몰아쉬며 골목 안으로 들어갔다. 그의 바지는 조금 전과는 달리 물기라곤 없이 깔끔했고 그의 손에는 진강이 살펴보던 것과 똑같은 모양의 상자가 들려 있었다.

"대, 대체 그 새끼는 뭐야?! 대체 어떻게 알고 온 거지? 거기다 그 정도의 힘이라니?!"

소년은 지친 기색이 역력하면서도 발을 멈추지 않았다.

"부, 분명 버스를 탈 테니까 대로를 피하면 돼."

골목 안에는 워커들이 가득했지만 소년은 워커들 사이를 아무렇지도 않게 걸어 다녔다.

워커들은 마치 뱀파이어들을 대할 때처럼 그에겐 눈길도 주지 않았다.

"근데 정말 놀랍군. 이게 선택받은 이들의 특권이라는 건가?"

소년은 대로가 보이지 않는 골목 깊숙이 들어오고서야 잠시 멈춰 서서 숨을 돌렸다.

"제길! 네크로노미콘을 태워 버리다니!"

소년은 옆에 서 있던 쓰레기에 발길질을 하려다 소리를 생각하고는 올렸던 다리를 다시 내려놓았다.

"뭐 좋아. 본부와 연락만 되면 네크로노미콘은 또 받을 수 있으니까. 근데 부분적으로 원작자라는 건 무슨 소리지?"

—말 그대로다.

"……!"

소년은 뒤쪽에서 들려온 이 세상의 것이 아닌 듯 아름답고, 동시에 영혼을 얼려 버릴 듯 차가운 그 목소리에 얼어붙은 채 천천히 고개를 돌렸다.

거기에는 진강이 서 있었다. 조금 전과 달리 그의 몸에서 검은 연기는 흘러나오고 있지 않았지만, 그의 눈은 여전히 검게 물들어 있었다.

—고작 여기까지밖에 못 왔나?

그의 목소리는 조금 전과도 딴판이었다. 사나운 짐승의 것과 같던 그 목소리는 어느새 레테의 강에 잔물결을 일으키듯 감미롭고 고아한 왕의 음성으로 변해 있었다.

"아, 아……!"

소년은 도망치려 했다. 하지만 그의 다리는 대지에 붙어 버린 듯 꼼짝도 하지 않았다.

—연기력이 제법이더군. 소변은 그렇다고 쳐도 설마 그 상황에서도 거짓말을, 그것도 그렇게 진정성을 담아 할 수 있을 거라곤 생각하지 못했어. 뭐 너무 흥분해 있던 상태기는 했지만.

다행히 진강의 말투는 목소리와는 달리 평소 그대로였다. 나알라호텝의 인격이 되살아난 것 아닌 듯 보였다.

"무, 무슨 말씀이신지……?!"

휙!

진강의 손짓에 소년의 몸은 그대로 뒤로 날아가 벽에 부딪쳤다. 조금 전과는 비교할 수도 없는 강도였다.

"크, 크윽……!"

소년은 고통 때문에 숨을 쉬기가 힘든 듯 신음 소리만을 내뱉었다.

—훗! 엄살 피지 마라.

진강은 다시 손을 뻗었다.

소년의 몸과 날아가는 도중 놓쳤던 상자는 그대로 허공에 떠올랐다.

—흐음. 여긴 그다지 좋은 장소가 아닌 것 같으니 장소를 좀 옮기지.

진강은 몸을 돌려 자신이 들어왔던 반대쪽 골목으로 되돌아갔다. 그리고 소년과 상자는 허공에 떠 있는 채 그런 진강의 뒤를 따랐다.

그가 왔던 길을 따라 수십 수백의 워커들이 바닥에 쓰러져 있었다.

—그래도 다행인 줄 알아라. 이것들을 처리하면서 약간이나마 화가 풀려서 아직도 살려 둔 거지, 원래라면 보인 그 즉시 그 영혼을 집어삼켰을 테니까.

진강은 4차선 대로로 나오고서야 걸음을 멈췄다.

도로를 가득 채웠던 자동차나 워커들은 모조리 인도 한구석에 처박혀 있었다.

탁.

진강이 손가락을 튕기자 도로에 있던 모든 가로등이 켜졌다. 원래의 색과는 달리 푸르스름한 빛이긴 했지만 그 불빛은 확실히 어둠을 쫓아 버렸다.

—자, 그럼 밝은 데서 다시 시작하도록 할까?

진강이 손을 내리자 허공에 소년과 상자는 그대로 땅으로 떨어졌다.

"으윽!"

아까보다 훨씬 높은 높이다 보니 충격 또한 더 컸다.

—아르카나라는 단체에 대해 알고 있는 걸 모조리 말해라. 그렇게 하면 그냥 죽여 주마.

"……."

소년의 몸은 떨리고 있었다. 분명 그는 조금 전 거짓말을 했었다. 하지만 그것은 단지 일부분일 뿐, 소변이라든지 공포는 진짜였다.

그리고 지금 눈앞에 상대는 조금 전보다 훨씬 더 무섭게 변해 있었다.

"……."

소년의 시선이 옆에 떨어져 있는 상자로 향했다.

—호오.

진강은 비웃음을 흘렸다.

—뭐라도 해 보고 싶으냐?

"……."

소녀의 이마에는 어느새 식음땀이 가득했다. 소년의 시선은 상자와 진강을 번갈아 바라보길 반복했다. 그 모습에 다시 손을 움직였다.

"……!"

소년은 자기도 모르게 눈을 감았다. 그러나 이후 아무리 시간이 지나도 느낌도 나지 않았다.

"……?!"

이상한 마음에 눈을 뜨자 상자가 눈앞에 떠 있었다. 그리고 진강은 미소를 지어 보이며 말했다.

—하고 싶은 게 있다면 마음대로 해 봐라. 이제부터 맛볼 지옥 전에 그 정도 자비는 베풀어 주마.

"이 미친……!"

소년은 곧바로 상자를 열었다. 그리고 그 안에서 작은 카드 한 장을 꺼내 들었다. 그것에는 3개의 검이 심장을 꿰뚫고 있는 그림과 함께 Three of Swords라고 적혀 있었다.

"마이너 아르카나, 수트 Three of Swords. 양철인형 문재혁. 네놈은 대체 누구냐!"

마이너 아르카나, 수트, 이것은 본래 모두 타로카드를 나타내는 용어였다.

타로 카드는 22장의 메이저 아르카나와 56장의 마이너 아르카나로 이루어지며 메이저 아르카나는 한 장 한 장마다 각각의 고유한 특성을 지니는 대신 마이너 아르카나는 스워드, 컵, 원드, 판타클이라는 네 가지 속성 속에 귀속된다.

그리고 바로 이 마이너 아르카나를 구성하는 4가지 속성들을 바로 수트라고 하며 마이너 아르카나 자체를 뜻하는 단어이기도 했다.

—호오. 검이라고 해서 꽤나 기사의 흉내를 내는 거냐? 양철인형이라는 이름을 가지고서? 아니 그런 것보다…… 설마, 아르카나라는 이름처럼 계급도 타로 카드처럼 되어 있는 건가?

진강의 장난스런 태도에 소년은 다시 소리를 높여 말했다.

"Three of Swords. 양철인형 문재혁! 네, 네놈은 대체 누구냐!"

마지막에 살짝 떨기는 했지만 나름 당당하려 노력한

결과였다.

—훗!

그 모습에 진강은 장난스럽게 웃어 보이며 천천히 입을 열었다.

—기어드는 혼돈. 얼굴의 없는 신. 나알라호텝. 이진강이다.

"나, 나알라호텝……?!"

나알라호텝이라는 말에 소년의 표정이 일그러졌다.

"허, 헛소리!"

—뭐 믿고 싶지 않다면 안 믿어도 좋다. 솔직히 본인이라고 하기도 뭐하니까. 그보다. 고작 그딴 카드 꺼내서 뭘 하겠다는 거지?

"후, 훗! 이, 이건 평범한 카드가 아니야! 선택받은 자라는 칭호이자……!"

자랑스레 이어 가던 소년의 말을 진강은 그대로 잘라 버렸다.

—계약의 증표지. 어떻게 종말을 피했나 했더니 네 영혼을 고위 존재와 공유하도록 해 신들이 가져가지 못하게 했구나. 그래. 이제 그 계약자를 부를 생각이냐?

"……."

소년은 아무렇지도 않게 카드의 정체를 꿰뚫은 진강의 행동에 잠시 말문을 잃은 듯 보였다.

그리고 그런 소년의 모습에 진강은 다시 비릿한 미소를 지어 보였다.

나알라호텝의 인격에 먹힌 건 아니었지만, 그 영향이 묻어 나오는 건지 그 표정은 확실히 그때의 표정과 닮아 있었다.

—뭘 하지? 그냥 가만히 있을 건가?

"진짜 신을 보여 주지!"

소년은 카드를 자신의 가슴에 가져다 댔다. 그의 카드는 붉은빛으로 빛나기 시작했고 그의 주변 허공이 일렁이기 시작했다.

—웃기는 소리군. 고작해야 날개 달린 뱀 따위를 신이라 부르나?

하지만 진강은 그런 소년의 행동을 가소로운 듯 바라보며 말했다.

"……지옥의 개들을 데리고 허공을 달리는 자여. 노을의 뒤편에서 밤의 어둠을 토하는 자여. 나 계약에 따라 지금 이곳에 그를 부르노라! 나와의 계약에 따라 내 아래 무릎 꿇고, 그 독니를 드러내 내 적을 꿰뚫어라!"

진강의 말에 잠시 동요했지만, 소년은 온 힘을 다해 그렇게 외쳐 댔다.

"……신이 직접 빚어 낸 천사. 신의 독. 신의 악의를 대변하는 자. 그가 다른 이들과 하늘에서 떨어져 내렸을 때 그 분노는 별을 붉게 물들였노라!"

—고작해야 뱀 한 마리 불러내는 주제에 요란하기도 하구나.

"나와의 계약에 따라 내 적의 목을 꿰뚫어라! 사마엘이여!"

사마엘.

기독교, 유대교, 그리고 그노시스파에서 말해지는 수수께끼의 천사. 이름은 신의 독이라는 뜻으로 신의 악의를 관장하며 12장의 날개를 단 뱀의 형상을 하고 있다.

한때 도시의 수호천사로서 숭배되던 시절도 있었지만, 정치적인 이유로 타천사로 강등된 뒤 중세 시대 이후부터는 단순한 악마로 치부되고 있는 존재였다.

소년의 외침과 함께 주변의 공기가 달라졌다. 마치 당장이라도 몸을 찌그러뜨릴 만한 강렬한 중압감이 사방을 덮어 갔다.

—후후후.

하지만 그 강렬한 중압감 속에서도 진강은 여유롭기만 했다.

스스스.

마치 뱀의 숨소리와 같이 소름 끼치는 소리와 함께 대지에 깔린 그림자들이 점점 더 짙어져만 갔다.

콰과광!

밤이긴 했지만 구름 하나 없는 마른하늘에 번개와 함께 천둥소리가 울렸다. 그리고 나팔 소리가 사방에서 울려 퍼졌다. 카드는 점점 더 강한 빛을 뿜어냈고 허공의 일그러짐도 심해져 갔다.

그리고 소년의 앞, 그의 짙어진 그림자 사이로 뭔가가 서서히 올라오기 시작했다. 아니, 그건 올라온다라기 보다는 뚫고 나온다는 느낌이 더 강했다.

쉐에에에!

날카로운 뱀의 숨소리와 함께 주변의 그림자들이 소년의 앞으로 모여들었다. 소년의 그림자는 어느새 12장의 날개를 가진 거대한 뱀의 형상으로 변해 있었다.

쉐에엑!

귀가 아닌, 영혼을 찢는 것만 같은 그 울음소리와 함께 그 그림자를 찢으며 뱀의 머리가 나타났다. 붉은 비늘에 휩싸여 에메랄드색으로 빛나는 두 쌍의 눈이 달려 있었는데, 고작 머리 부분이 나왔을 뿐임에도 이미 재혁보다 컸다.

쉐에에에!

그리고 잠시 뒤, 다시 한 번 낮게 깔리는 그 숨소리와 붉은 비늘을 지닌 날개 달린 거대한 뱀이 그 모습을 드러냈다. 그 크기는 펼쳐진 날개를 접는다 할지라도 이타콰 보다 컸으며 그 날개짓을 할 때마다 짙은 보랏빛 독기가 대지에 깔려 갔다.

—흣.

하지만 그 거대한 육체를 눈앞에 두고서도 진강의 표정은 여유롭기만 했다.

—실체화라. 과연 제약이 없어진 덕분이란 건가? 아무리 영락했다고는 해도 고작 저런 애송이 마술사의 주문에 불려 나오다니.

물론 진강 자신은 사마엘을 신이라 인정하지 않았지만, 본래 신을 소환하는 것은 결코 쉬운 일이 아니다.

그것은 신들 사이에 맺은 계약과 세상을 움직이고 있는 더 높은 법칙들 때문이었다.

하물며 저런 소년의 부름에 강림하다니. 사마엘이 이

렇듯 쉽게 모습을 드러낼 수 있는 것은 어디까지나 이미 세상이 죽었기 때문이다.

"쉐에…… 나 사마엘. 신의 악의를 대변하는 자. 계약에 따라 세상의 틈새 속에 이 모습을 드러냈노라. 나의 계약자여. 원하는 것을 말하라."

소름이 끼칠 만큼 음습한 사마엘의 목소리와 귀를 찢을 듯한 그 차가운 숨소리에 진강의 얼굴이 살짝 일그러졌다.

"저 어리석은 놈에게 신의 분노를 보여 줘라!"

소년은 진강을 가리키며 그렇게 말했다. 하지만 그런 모습을 보는 진강의 얼굴에는 비웃음만이 가득했다.

—신의 분노라…… 나는 심심풀이로 그것을 샀었지.

쉐에에!

사마엘의 눈은 소년의 가리킴을 따라 천천히 그 고개를 움직였다. 그리고 마침내 진강의 존재를 알아차렸다.

—반갑군.

진강은 여유롭게 손까지 들어 보이며 인사를 건네 왔다. 그의 입가에는 너무도 비릿한 미소가 떠올라 있었다.

"쉐에! 쉐에엑!"

그리고 진강의 모습을 보자마자 사마엘은 곧바로 뒤로

물러났다. 그의 입에서는 두려운 듯 날카로운 위협성이 끊임없이 흘러나오고 있었다.

"쉐에…… 오오! 나알라호텝! 사신들의 왕! 절대 심연의 사자! 기어드는 혼돈이여! 어찌 네가……!"

사마엘은 그 눈동자에 담긴 짙은 두려움을 숨기지 않았다.

사마엘의 고개는 저절로 땅으로 향하고 있었고 그 눈은 두려운 듯 진강에게서 떨어질 줄 몰랐다.

—노예들의 수호자여. 오만한 자의 대리자여. 네 신에게 버림받고는 이제는 인간을 모시느냐?

진강은 조롱 섞인 목소리로 그렇게 물었다.

"쉐에……. 오오! 적이라는 자가 그대였는가……! 오오 계약자여 어찌……!"

소년을 향하는 사마엘의 그 목소리에는 원망이 담겨 있었다.

"뭐, 뭐하는 거야?! 어서 그 독을 뿜어내!"

소년은 사마엘의 태도에 당황한 듯 목소리를 높였지만 사마엘은 그저 가만히 진강을 노려볼 뿐 조금도 움직이지 못했다.

그러나 그에 반해 진강은 눈까지 감은 채 옛 기억을

회상하고 있었다.

—기억하는가? 내가 너희의 백성 앞에서 진정한 어둠을 불러냈었던 그날을.

"쉐엑! 쉐엑!"

사마엘은 위협성을 내면서도 점점 그 몸을 뒤로, 그리고 바닥으로 떨어뜨려 갔다.

—하찮은 뱀 따위가 내게 독니를 꽂았었지. 확실히 생각보단 따끔했었지. 그래, 그때 맛이 어땠던가? 상처를 타고 흐른 내 기운을 맛보지 않았던가?

"쉐에엑! 기어드는 혼돈! 검은 혼돈의 신이여! 파괴의 신이여!"

사마엘은 본능적으로 날개를 뒤로 숨겼다. 그는 이제 땅을 기고 있었다. 그 모습은 더 이상 신의 독, 신의 악의라고 불리는 사마엘의 모습이 아니었다. 그것은 그저 두려움에 떨고 있는 단순한 뱀의 모습이었다.

—그렇게 두려워하니 보는 나조차도 애처롭구나.

거짓말이었다. 그의 눈동자에도, 그 목소리에도 안타까움 따위는 없었다. 그는 당황하고 있는 소년을 바라보며 웃고 있었다.

"뭐, 뭐하는 거야! 어서 계약을 따라!"

소년은 사마엘을 향해 카드를 들어 보이며 그렇게 외쳤다.

사마엘은 잠시 원망스러운 듯 소년을 가만히 쳐다보더니 천천히 몸을 일으켰다.

"쉐에에…… 오오오! 계약자여. 원망스럽구나!"

사마엘은 소년의 성화에 천천히 그 머리를 들어 올렸다. 그러나 그의 날개들은 여전히 접힌 채 뒤에 숨겨져 있었다.

—호오. 다시 그 독니를 드러낼 생각이더냐? 그때는 네 몸에 흐르던 신성을 잃었었지. 물론 이후 회복한 신성을 빼앗은 자는 따로 있지만. 자, 이번에는 뭘 잃을 생각이더냐?

진강의 그 말에 사마엘의 머리는 다시 아래로, 그 몸은 또다시 뒤쪽으로 밀려났다. 그런 사마엘의 모습에 소년은 다시 카드를 들어 올리며 고함을 질렀다.

"어서 처리해!"

"……오오 계약자여. 네 영혼은 결코 쉬이 명계로 가지 못할 것이다!"

사마엘은 마지못해 그 날개를 펼쳤다. 그러나 그의 날개들이 미세하게나마 떨리고 있다는 것은 너무도 쉽게 알 수 있는 사실이었다.

사마엘은 그 날개들을 활짝 펼치며 머리를 높게 쳐들었다. 하지만 상대는 나알라호텝이었다. 무슨 영역 다툼하는 것도 아니고 단지 몸집을 부풀리는 것만으로는 아무 의미도 없었다.

—후후후후.

마치 어린아이의 장난에 어울려 주겠다는 듯 진강은 여유로운 몸짓으로 팔을 들어 올렸다.

"쉐에…… 나는 신의 악의를 대변하는 자. 내 날개가 스친 바람이 닿은 대지는 그 어떤 생명도 품지 못할지니!"

온 사방을 울리는 사마엘의 목소리는 듣는 이의 몸을 깊이 베고 들어와 심장을 찌를 만큼 날카로웠고, 절로 고개가 숙여질 정도로 숭고했다. 하지만 그럼에도 그 속에 담겨 있는 공포를 숨기기에는 턱없이 부족했다.

사마엘의 날갯짓과 함께 그 날개 아래에 보랏빛 독기가 모여들었다. 그 모습은 마치 보랏빛 구름 같이 아름다웠지만 독기가 닿는 대지는 이미 검은 아스팔트임에도 그 색마저 잃은 채 녹아내리고 있었다.

"쉐에……! 사라져라 기어드는 혼돈이여!"

사마엘의 힘찬 날갯짓에 그 아래에 모여 있던 독기들이 그대로 진강을 향해 날아갔다. 독기는 날아들면서 더욱 짙어졌고 독기가 지나가는 대기 또한 또 다른 독기로 변했다.

이미 건물들과 도로, 가로수 모두 그 형태를 잃고 완전히 녹아 버린 지 오래였다.

독기는 그렇게 점점 그 영역을 넓혀 갔고 마침내 진강의 앞에 당도했을 때는 마치 산맥을 덮치는 운해과 같이 거대한 보랏빛 독기 구름으로 변해 있었다.

진강은 속으로 진강의 위치와 거리를 생각하며 손을 뻗었다.

—정말 고작 이 정도냐?

그 거대한 독기를 마주하면서도 진강의 얼굴에는 그 어떤 긴장감도 찾아볼 수 없었다. 설사 그 자신은 무사하더라도, 독기를 모두 막아내지 못한다면 떨어져 있는 성은이 위험할 텐데도 그는 여유롭게 웃고 있었다.

—잊었더냐? 죽은 세상은 우리들의 것임을!

진강이 손을 뻗자 어디선가 불어온 회색 바람이 금방이라도 그를, 아니, 주변 모든 것을 집어삼켜 가던 그 거대한 독기를 흩어 버렸다. 독기는 마치 처음부터 없었다는 듯 한순간에 그 형태를 잃고는 허공 속에서 사라졌다.

—내게 이런 건 통하지 않는다.

진강은 자신의 손바닥을 펼쳐 보였다.

—벌써 잊었더냐. 내 바람은 태양들조차 꺼 버릴 수 있다는 것을.

장난스럽게 펼친 진강의 손바닥 위에서는 회색의 작은 회오리바람이 일고 있었다.

"쉐에에……!"

사마엘은 그 독니를 드러내며 진강을 향해 몸을 날렸다. 그의 거대한 육체는 순식간에 줄어들더니 빌딩만 하던 몸집이 아나콘다 수준으로 변했다. 그리고는 진강의 육체를 그대로 휘감아 버렸다.

—호오? 몸집을 키워도 모자랄 판에 줄여서 어쩌겠다는 거지?

"네놈을 놓칠 수는 없지."

그를 감싼 사마엘의 몸에서 보람빛 액체가 쏟아져 나오기 시작했다. 그것은 강력한 독이었다.

"기어드는 혼돈이여! 얼굴없는 신이여! 내 독에 파묻혀 죽어라!"

질척한 보랏빛 액체가 진강의 육체를 덮어 갔다.

마그마 속에서 숨 쉰다는 지옥의 악마들조차 가까이할 수 없다는 사마엘의 독이 진강의 몸을 뒤덮었다.

지금 진강의 육체는 분명 인간의 것. 이렇게 된다면 아무리 그라도 무사할 수는 없었다. 그런데.

—몸집이 크든 작든 의미 없다. 어차피 잡을 수 없으니까.

진강은 사마엘에게 잡혀 있지 않았다. 그보다 몇 발자국 뒤쪽에 서서는 사마엘을 향해 손을 뻗고 있었다.

"쉐, 쉐에, 쉐에……!"

사마엘은 목을 잡힌 듯 고통스런 신음을 흘려댔다.

단단히 휘감았다고 여긴 사마엘이었지만, 빈 허공만을 조이고 있을 뿐이었다.

사마엘의 독은 그저 아스팔트 대지를 녹이고 있을 뿐이다.

—거기다 네놈 신이 네게 맡긴 악의 따위, 그리고 네놈 신이 너와 함께 버린 독 따위 내게 통하지 않는다.

"쉐, 쉐에, 쉐에……!"

진강은 자신에게 잡힌 채 괴로워하고 있는 사마엘의 얼굴을 즐겁다는 듯 올려다보고 있었다. 그는 분명 아래에 있었지만, 마치 사마엘을 내려다보는 듯한 얼굴이었다. 그는 어느새 나알라호텝일 때의 표정을 짓고 있었다.

—네놈의 신도 그래서 널 버린 것이 아니더냐? 그 자신의 숨길 수 없는 악의와 분노를 대변하기에 너는 너무도 미약하고, 그렇다고 그 자신의 백성들을 자신들에게 몰 공포의 상징으로 삼기에도 턱없이 모자라지.

"쉐에에에!"

사마엘은 온 힘을 다해 적의 가득한 울음을 쏟아냈다.

—그래서 그를 만들었지. 진정한 뱀을. 날개도 달리지 않고, 그 자신보다도 아름다우며 그 자신보다도 현명한 진정한 악의를. 그것은 네놈 신의 또 다른 얼굴이며, 그의 영원한 적이자 동시에 가장 뛰어난 조력자지.

"쉐에에에!"

진강의 말이 이어질수록 사마엘의 눈은 짙은 분노로 물들어 갔다.

—말해 보거라 아이야. 기분이 어땠느냐? 사랑해 마지않던 네 부모에게 버려져 저 깊은 밑바닥으로 던져졌을 때. 네가 믿었던 그 모든 것에 배신당했을 때. 그리고 그것을 단지 위대한 의지, 또 다른 계획이라고 스스로 위로했을 때. 어서 말해 보거라.

분위기에 취한 것인지, 그 말투 또한 나알라호텝일 때와 거의 흡사했다.

"쉐에엑! 저주받을지다! 기어드는 혼돈이여! 저주받을지다! 폭군들의 왕이여! 얼굴없는 신이여!"

꽈악!

"퀘, 퀘엑……!"

진강은 손에 더 힘을 주었다. 그는 여전히 웃고 있었지만 검은 두 눈만은 웃고 있지 않았다.

—제법 입을 잘 놀리는구나. 네놈 신의 버려진 장난감아.

진강의 몸에서 검은 어둠이 다시 흘러나오기 시작했다. 그리고 그 어둠은 천천히 사마엘에게 흘러가더니 이내 사마엘의 몸을 잠식해 갔다. 그것은 혼돈이며 악이요 절망이고 분노였다.

"퀘, 퀘에에엑!"

사마엘은 고통에 몸부림쳤다. 그 어둠은 그의 존재를 잠식하며 점점 지워 가고 있었다.

—버려진 장난감아. 내가 널 지워 주마.

진강의 그 말에 사마엘은 발악을 하듯 온몸을 거칠게 꼬아댔다.

"나는 신의 독! 나는 신의 악의!"

사마엘은 거칠게 저항하며 소리를 높여 갔다.

"……."

소년은 그 모습을 가만히 지켜볼 수밖에 없었다. 아니, 사실은 그 모습을 지켜보는 것조차 힘들었다.

사마엘의 몸이 어둠에 잠식되어 갈수록 자꾸만 멀어져 가는 자신의 의식을 부여잡는 데 온 힘을 쓰고 있었다. 그리고 그것은 점점 더 힘들어져만 갔다.

"나는 밤하늘에 떠 있는 붉은 별이며 일곱 가지 대죄 중 분노의 화신이리니! 노을의 뒤에서 독을 뿜고 지옥의 사냥개들을 이끌고 밤하늘을 누비니라!"

—호오. 자아를 잃지 않으려 스스로 가장 싫어하는 이름에마저 매달리는가? 여전히 신의 종임을 자처하면서도, 타천한 그 모습에 매달리려 하는가? 그래 확실히 네 놈 또한 인간들에게 숭배 받아 왔고, 또한 두려움의 대상이었던 자.

그러나 사마엘의 저항에도 불구하고 어둠은 점점 사마엘의 모든 것을 집어삼켜 갔다. 그리고 사마엘의 몸이 완전히 어둠에 휩싸였을 때, 그는 한결 차분한 목소리로 속삭였다.

—안심하도록 해라. 내가 집어삼키는 것은 너와 연결된 저 소년의 영혼뿐. 네 의지, 의식, 자아는 그대로 남겨 두마.

그러나 마지막 순간 진강의 입가에는 잔인한 미소가 그려졌다.

—계약만은 유지해야 하니까.

사마엘이 어둠에 먹혀 사라지고, 진강은 천천히 소년이 있는 곳으로 걸음을 옮겼다.

소년은 서 있는 모습 그대로 심장이 멎어 있었다. 진강이 사마엘과 연결되어 있던 소년의 영혼을 집어삼켰기 때문에 육체 또한 그 생명을 잃은 거였다.

진강은 소년의 손에서 카드를 빼앗았다. 그리고 떨어진 상자를 집어 들었다.

—4급이라고 하니 이번에는 제발 쓸모 있는 정보가 들어 있으면 좋겠군.

진강은 몸을 돌려 버스가 있는 쪽으로 돌아갔다.

그의 눈동자는 다시 원래의 모습으로 변해 갔고, 그의 목소리 또한 원래대로 돌아갔다.

"그보다 고작 저런 놈이 사마엘을 불러내서 부리다니. 아르카나, 대체 정체가 뭐지?"

그의 표정은 다시 딱딱하게 굳어 갔다.

그 정체가 뭐든 네크로노미콘 번역서가 남아 있고, 또 대량으로 유통되고 있다는 점을 안 이상 가만히 있을 수 없었다.

〈3권에서 계속〉

FINAL MYTHOLOGY
파이널 마솔로지

1판 1쇄 찍음 2012년 7월 11일
1판 1쇄 펴냄 2012년 7월 13일

지은이 | 김지환
펴낸이 | 정 필
펴낸곳 | 도서출판 **뿔미디어**

편집장 | 이재권
기획 · 편집 | 심재영
편집디자인 | 이진선
관리, 영업 | 김기환, 임순옥

출판등록 | 2002년 9월 11일 (제1081-1-132호)
주소 | 부천시 원미구 상3동 533-3 아트프라자 503호 (우)420-861
전화 | 032)651-6513 / 팩스 032)651-6094
E-mail | BBULMEDIA@paran.com
홈페이지 | www.bbulmedia.com

값 8,000원

ISBN 978-89-6639-779-2 04810
ISBN 978-89-6639-777-8 04810 (세트)

※파본은 구입하신 서점에서 교환하여 드립니다.

BBULMEDIA

http://www.bbulmedia.com

BBULMEDIA
http://www.bbulmedia.com